KB016607

이런 신발

십대를 위한 고전의 재해석 앤솔로지 2
이런 신발
전건우, 남유하, 정명섭, 김효찬 지음 | 김효찬 그림
KT 2:10
90%
Find the glass shoes 2022.

여는 글

어디론가 가기 위해서는 반드시 신발을 신어야만 합니다. 물론 신발을 신지 않고도 걸을 수 있지만 금방 피로해져서 오랫동안 걸을 수 없고 상처가 나서 다칠 수도 있습니다. 그래서 사람들은 아주 오래전부터 다양한 재료로 신발을 만들어서 신었습니다. 부자들은 질기고 단단한 가죽이나 천으로 만든 신발을 신었고, 가난한 사람들은 풀을 엮거나 지푸라기를 꼬아서 신발을 만들기도 했습니다.

지금은 상대적으로 흔한 물건이지만 과거에는 신발이 아주 귀하고 비싼 물건이었습니다. 따라서 신발을 둘러싼 이런저런 이야기들은 고전과 명작 속에 존재하면서 우리에게 기억되고 있습니다. 십대를 위한 고전의 재해석 앤솔로지 시리즈의 두 번째 이야기인 《이런 신발》은 고전 속에 등장하는 여러 신발을 소재로 삼았습니다.

구두나 운동화를 용도에 맞게 신는 오늘날과 달리 과거에는 신발에 따라 그 사람의 신분과 성별을 구분할 수 있었습니다. 가장 대표적인 것이 신데렐라의 유리구두입니다. 유리로 만든 구두가 실제 존재한다면 부서지기 쉽고 무겁기 때문에 일상생활에서는 사용하기 불편합니다. 파티나 결혼식 같이 짧게 즐길 수 있는 상황에서만 신을 수 있습니다. 이 유리구두는 신데렐라가 신은 이후 성공과 부를 얻을 수 있는 상징으로 자리 잡았습니다.

《오즈의 마법사》에서 도로시가 신은 요술 구두는 집으로 돌아갈 수 있는 열쇠이자 모험을 떠난다는 상징입니다. 서쪽 마녀를 없앨 수 있는 힘의 원천이기도 하지요. 신데렐라의 유리구두가 성공과 부의 상징이라면 도로시의 요술 구두는 힘과 에너지를 상징한 것입니다.

안데르센은 빨간 구두를 영원히 춤을 추게 만드는 저주받은 물건으로 만들었습니다. 타인을 속이고 교회에 빨간 구두를 신고 가면 벗을 수도 없고 영원히 춤을 추게 된다는 이야기에서 영감을 받은 것이지요. 나무꾼 혹은 사형 집행인의 도움으로 주인공은 발을 잘랐지만 잘린 발과 함께 춤을 추면서 사라진다는 빨간 구두는 잔혹 동화의 소재가 되기도 합니다.

놀랄 만한 지혜로 주인에게 은혜를 갚은 작은 고양이의 장화는 재능을 현실로 만들어주는 매개체입니다. 장화를 신었을 뿐인데 두 발로 걷고 무서운 괴물까지 물리치는 장화 신은 고양이 모습에서 우리는 서로에 대한 믿음과 사랑을 느낄 수 있습니다.

오늘날 우리는 위기의 시대를 살고 있습니다. 과학이 발달하고 기술이 혁신되면서 생활에 도움이 되는 기계가 많이 등장했습니다. 덕분에 예전에는 상상하지도 못한 생활의 편리를 누리고 있지만 여전히 사람들은 신발을 신고 다닙니다. 재료와 모양이 달라졌지만 발을 보호해준다는 것은 예전과 똑같습니다.

고전 역시 재해석이 되고 있지만 그것이 전하고자 하는 메시지는 변하지 않습니다. 가치관과 생활 환경이 달라진 현대에 오래전 이야기가 무슨 의미를 주느냐고 생각할 수도 있지만 시대가 변했다고 남보다 더 잘살겠다는 탐욕과 그걸 위해서 끔찍한 범죄도 서슴지 않는 행동은 인간의 습성이기 때문에 시대가 변한다고 해서 바뀌지 않습니다. 그러한 잘못된 마음과 행동을 바로잡는 것이 바로 고전의 역할입니다.

권선징악, 인과응보, 자업자득 등 '잘못을 하면 벌을 받고 착한 일을 하면 좋은 보답을 받는다'는 고전 속 반복되는 메시지를 통해 세상이 달라졌다 해도 사람이 살아가는 데 반드시 지켜야 할 원칙과 가치가 있다는 것을 고전의 재해석을 통해 알려드리고자 합니다.

차 례

사기꾼 고양이의 짧은 변명

전건우

원작 《장화 신은 고양이》에 대하여

《장화 신은 고양이》는 프랑스의 작가 샤를 페로가 쓴 동화입니다. 어느 농부 집안의 삼 형제가 아버지가 돌아가신 후 유산을 받았습니다. 첫째는 물레방앗간을, 둘째는 당나귀를 받았지만 막내는 고양이 한 마리가 전부였습니다. 두 형은 가난한 형편에 막내까지 돌볼 수 없다며 동생을 내쫓았습니다. 착한 막내는 별다른 저항도 없이 슬픈 표정으로 집을 떠났지요.

오갈 데가 없어진 막내는 고양이에게 하소연합니다. 이야기를 듣던 고양이가 장화를 사달라고 조르기 시작했고 착한 막내는 마지막 남은 돈을 털어 고양이에게 장화를 선물했습니다.

선물 받은 장화를 신은 고양이는 두 발로 서서 걷더니 막내에게 자신의 말만 잘 따르라고 합니다. 그러고는 사냥으로 잡은 동물을 왕에게 바치고 환심을 삽니다. 자신을 귀족의 하인이라고 이야기하면서 말이죠. 매번 사냥감을 바치는 귀족이 누구인지 궁금했던 왕은 신하를 시켜 귀족의 행방을 좇습니다.

그러던 어느 날 왕이 행차한다는 사실을 알게 된 고양이는 막내를 발가벗긴 뒤 강물에 들어가게 했습니다. 그러고는 왕에게 달려가 주인이 목욕하던 중 옷을 몽땅 도둑맞았다고 하소연합니다. 왕은 그 말을 듣고 막내에게 옷을 하사했습니다. 멋진 옷을 입은 막내는 정말 귀족처럼 보였고 왕은 그런 막내를 무척 마음에 들어 했습니다.

왕이 고양이에게 주인의 영지를 보고 싶다고 하자 장화 신은 고양이는 부유한 오우거의 성으로 왕을 안내했습니다. 그러고는 한발 앞서 달려가 성의 주민들에게 "이 성은 주인님의 것입니다"라고 말하게 만들었습니다. 장화 신은 고양이에게 속아 넘어간 왕은 드넓은 영지를 소유한 막내를 더욱 좋게 여겼습니다.

그 사이 장화 신은 고양이는 오우거를 만나러 갑니다. 무시무시한 힘을 가진 오우거에게 다양한 동물로 변해보라고 요구한 뒤 마지막에는 쥐로 변신하도록 꼬드겼습니다. 장화 신은 고양이에게 속은 오우거가 생쥐로 변한 순간 고양이는 그 쥐를 잡아먹어버렸습니다.

고양이 덕분에 막내는 오우거의 재산을 차지하고 공주와 결혼해 행복하게 살았습니다. 물론, 고양이도 행복했지요.

야옹.

아! 죄송합니다. 저도 모르게 그만 고양이 언어로 이야기하고 말았군요. 아시다시피 제게는 고양이 언어가 훨씬 자연스러우니 이해 부탁드립니다.

자, 그러면 어디서부터 이야기해야 할까요?

궁금한 게 많으실 거라 생각합니다만 그래도 처음부터, 그러니까 제가 사기꾼으로 전락한 이유부터 차근차근 풀어놓는 게 좋지 않을까 하는데 어떠신지요? 괜찮다고요? 정말로 감사합니다. 너그럽게 양해해주신 만큼 저도 사실만을 이야기하겠습니다. 그래야 오해가 풀릴 테니까요.

저희 고양이족은 본디 인간을 그리 믿지 않습니다. 아니, 인간만이 아니죠. 원체 의심이 많아 오직 자신만을 믿는 게 저희의 특성입니다. 쓸데없이 도도하다는 평을 들어도 두 귀를 쫑긋 세우고 꼬리를 한껏 치켜든 채 유유히 걸을 수 있는 건 바로 자신에 대한 믿음이 있기 때문이죠.

물론 표면적으로는 고양이가 인간에게 의지해 살아가는 것처럼 보인다는 점은 인정합니다. 하지만 저희는 그리 생각하지 않습니다. 고양이는 인간의 심적 안정을 위해 기꺼이 자신을 희생해 같이 살아준다고 생각합니다. 네. 맞습니다. 은혜를 베푸는 거죠.

솔직히 말씀드리자면, 그래요, 사실만을 말하기로 했으니 깔끔하게 털어놓겠습니다. 그러니까 저희는 인간을 하등한 생명체로 보고 있습니다.

이런! 많이 놀라셨나 보군요. 하긴 이런 이야기를 진지하게 하는 고양이는 제가 처음이었을 테니 놀랄 만도 하죠.

이왕 말이 나왔으니 말인데 인간이 고양이에 비해 나은 게 뭐가 있습니까? 사냥도 못하지, 밤눈도 어둡지, 높은 곳에서는 벌벌 떨기만 하지 않습니까? 게다가 더럽긴 또 얼마나 더럽나요. 유연함에 대해서는 굳이 다른 이야기를 덧붙일 필요도 없죠. 물론 인간 입장에서는 자신들이 다른 동물에 비해 고등한 생명체이고 이른바 '생각'이라는 걸 할 수 있다고 항변할 겁니다. 그게 얼마나 큰 착각인지 인간들은 정녕 모르죠.

저희 고양이족은 평균 10년에서 15년 정도 삽니다. 60세도 청춘이라 부르며 자신들의 긴 수명을 자랑하는 인간들의 관점에서 보자면 참으로 짧은 세월이겠죠. 하지만 오래 산다고 마냥 좋은 일일까요? 오래 살아서 더 지혜로워진다는 주장이 맞는 것일까요?

저는 아니라고 생각합니다. 아니고말고요.

인간은 수명의 절반을 잠으로 흘려보냅니다. 그 나머지 시간에는 먹고, 마시고, 싸우고, 휴대폰을 하죠. 맞습니다. 그 작고 네

모난 바보상자 말이죠. 이제 인간들은 더 이상 생각이라는 걸 하지 않습니다. 가만히 생각에 잠겨 내면의 목소리를 듣고 정보를 정리하고 사유하는 인간은 이제 찾아보기 힘듭니다.

반면 저희 고양이족은 어떤지 아십니까?

우선 저희는 먹는 데 그리 긴 시간을 들이지 않습니다. 간단하게 먹고 많이 움직여 언제나 가벼운 몸 상태를 유지하죠. 잠도 잠깐이면 충분합니다. 절대 늦잠을 자지 않죠. 대신에 몸을 깨끗이 하는 데 공을 들입니다. 깨끗한 신체에 맑은 정신이 깃든다는 건 아무리 멍청한 인간이라도 다 아는 사실일 겁니다. 그런 뒤 남는 시간에 뭘 하는지 아십니까?

네. 맞습니다!

생각.

사고.

사유.

고찰.

뭐, 기타 등등.

아무튼 머리를 쓴다, 이겁니다. 고양이가 바보처럼 멍하니 창밖만 바라본다고 오해하는 인간도 있는데 그건 잘못 알아도 한참 잘못 알고 있는 거죠. 저희는 끊임없이 생의 의미에 대해 생각하고 올바른 삶이 무엇인지 사고하고 찰나의 삶을 어떻게 영위할지 사유하며 이 세상의 아름다움에 대해 고찰합니다.

그러니 저희 눈에는 작고 네모난 바보상자에 코를 박고 살아가는 인간이 한심해 보일 수밖에요.

제가 이렇게 장황한 이야기를 하는 건 저희 고양이족의 우월함을 뽐내기 위해서가 아닙니다. 고양이에 대한 완벽한 이해가 바탕이 되었을 때 앞으로의 제 이야기를 더 잘 이해하시리라 생각해서 드린 말씀입니다.

그렇다면 이제 더 큰 비밀 하나를 털어놓아야겠군요.

부디 마음의 준비를 하시기 바랍니다.

저희 고양이는… 실은 이족보행을 할 수 있습니다.

자신에게 딱 맞는 신발만 찾는다면 말이죠.

그래요. 신발이 정말 중요합니다. 세상의 모든 고양이는 자신에게 맞는 딱 한 켤레의 신발을 가지고 태어나죠. 마치 운명의 짝처럼. 하지만 불행하게도 대부분의 고양이는 그 신발을 평생 찾지 못합니다. 그러니 네 발로 걷다가 평범하게 삶을 마감하죠. 반면 자신에게 딱 맞는 신발을 찾아낸 소수의 고양이들은 두 발로 일어서서 걷는 것과 동시에 숨겨놓았던 비범함을 드러내게 되죠.

바로 저처럼 말입니다.

보이시죠? 이 장화.

어디에서나 살 수 있는, 볼품없고 흔해빠진 검은색 고무장화이지만 이 장화야말로 제게 딱 맞는 단 한 켤레의 신발입니다. 그러니 이렇게 두 발로 서서 인간의 언어로 말할 수 있는 거죠.

자, 이쯤에서 제게 이 장화를 준 민우 이야기를 해야겠군요.

이민우.

현재 제 동거인이자 제가 여기에 서게 만든 존재의 이름입니다. 올해 중학교 2학년이니 인간의 나이로 열다섯 살, 청소년이죠. 물론 고양이족의 나이로 환산하면 신생아나 다름없지만요.

저는 민우와 처음 만났던 때를 똑똑히 기억합니다. 그럴 수밖에요. 그날 전 죽을 뻔했거든요.

다시 한번 말씀드리지만 고양이는 지구상에서 가장 우아하고 현명한 생명체입니다. 그런데도 때로는 실수를 하죠. 그것이 고양이미(美) 아니겠습니까?

아무튼, 제가 고른 첫 번째 동거인은 실수 그 자체였습니다. 어느 모로 보나 제대로 된 인간이라 할 수 없었죠. 반려동물을 조금도 사랑하지 않으면서 저를 비롯해 개 한 마리와 같이 살았죠. 이유는 뻔했습니다. 사진을 찍어 SNS에 올려 이성의 환심을 사려던 것이었죠. 이 인간은 그럴싸한 사진만 뽑아낼 수 있다면 반려동물이 굶건 말건 조금도 신경 쓰지 않는 무심한 놈이었습니다.

아무리 적게 먹는 고양이라 해도 배가 너무 고프니 참을 수가 없더군요. 그래서 탈출을 결심했습니다. 뭐, 잠긴 창문 정도 여는 건 고등 생물인 저희 고양이족에게는 아무 일도 아니니까요. 함께 살던 개를 두고 가는 건 마음에 걸렸지만 창살 사이로 우아하게 빠져나갈 수 있는 것은 저뿐이니 어쩔 수 없었습니다.

그렇게 저는 방랑자 생활을 시작했습니다. 다른 고양이들과 치열한 싸움을 벌여야 할 때도 있었고, 쓰레기통을 뒤져야 할 때도 있었지만 자유로운 고양이만큼 행복한 존재는 없는 법이죠. 저도 행복했습니다. 두 번째 실수를 저지르기 전까지는.

길에서의 삶은 자유롭긴 하나 역시 배고프기는 마찬가지였습니다. 늘 굶주렸죠. 며칠씩 물 한 모금 제대로 먹지 못할 때도 있었습니다. 그날도 그랬죠. 사흘을 굶었고, 그래서 아마 판단이 흐려졌던 게 아닐까 싶습니다.

먹을 걸 찾아 낡고 오래된 빌라 뒤쪽으로 들어섰을 때 코에 익은 냄새가 확 풍겼습니다. 그 냄새의 정체는 지방이 적고 살코기는 단단한 '동원참치 라이트'였습니다. 제가 제일 좋아하는 음식이기도 하죠. 참치 한 캔이 뚜껑까지 열린 채 놓여있는데도 저는 아무런 의심을 하지 않고 곧장 다가갔습니다. 선량한 인간들이 가끔 호의를 베풀 때가 있는데 그런 경우라고 착각했던 거죠.

저는 정신없이 참치를 먹었습니다. 맛있었습니다. 동원참치 라이트는 가히 최고의 음식이라 할 만하죠! 하지만 곧 이상을 느꼈습니다. 목이 따갑고 배가 아프더군요. 참치에 독이 들었다는 사실을 깨달았을 때는 이미 늦었죠. 엄청난 고통이 온몸을 휘감았고 정신이 아득해지더군요. 먹은 걸 토해내기 위해 안간힘을 썼지만 이미 독이 퍼져 버렸는지 꼬리도 들어 올릴 수 없었습니다.

결국 저는 쓰러졌습니다. 그러고는 나의 우매함을 한탄하면서 서서히 죽어갔죠. 삶에 미련이 있는 건 아니었지만 그래도 아쉽기는 했습니다. 이런 식으로 비참하게 죽기는 싫었거든요.

그때였습니다.

누군가가 저를 안아 올리더군요. 그런 뒤 꼭 끌어안고 달리기 시작했습니다. 달릴 때마다 심장 뛰는 소리가 콩닥콩닥 들렸습니다. 저는 마지막 힘을 쥐어짜내 죽어가는 고양이를 살리려는 인간이 누구인지 확인했습니다. 얼굴에 여드름이 막 돋아나기 시작한 소년이더군요.

그 아이가 바로 민우였습니다.

늦지 않게 동물 병원으로 데려가준 민우 덕분에 저는 목숨을 건질 수 있었습니다. 의사가 쥐약 이야기를 하는 걸 얼핏 들었습니다. 어떤 고약한 인간이 참치에 일부러 쥐약을 넣었던 겁니다. 민우는 제가 입원해있는 동안 매일 병원을 찾아왔습니다. 저를 말없이 바라보는 민우의 큰 눈동자 속에는 진심 어린 염려가 담겨있었습니다. 고등 생물인 전 그걸 알아챌 수 있었죠. 뭐, 독이

LIGHT STANDARD

든 참치를 허겁지겁 먹어 병원에 실려 가긴 한 거지만.

제가 퇴원하는 날, 민우는 꾸깃꾸깃한 지폐 몇 장과 저금통을 들고 왔습니다. 병원비가 참 많이 나왔더군요. 동전으로 가득 찬 큰 저금통을 바닥까지 비우고 나서야 민우는 간신히 병원비를 낼 수 있었습니다. 미안한 마음과 고마운 마음이 교차했죠. 그 돈이 민우의 전 재산이라는 걸 어렵지 않게 짐작할 수 있었거든요. 제 눈에는 민우의 뜯어진 옷 솔기와 낡아서 구멍 나기 직전인 운동화 같은 게 다 들어왔습니다.

"괜찮아. 이제 다 괜찮아."

새파랗게 어린 인간인 민우가 감히 제 머리를 쓰다듬으며 그렇게 말하더군요. 저는 가만히 있었습니다. 그 무책임한 놈의 집을 탈출한 후로 다시는 인간에게 몸을 맡기지 않겠노라 다짐했지만 목숨을 구해준 인간에게까지 발톱을 세울 필요는 없다고 생각했죠. 아시겠지만 전 배은망덕한 고양이가 아니랍니다.

"그래도 아직은 무리하면 안 된대. 내가 돌봐줄게."

민우는 마치 같은 인간에게 말하는 것처럼 제게 속삭였습니다. 실은 저도 알고는 있었습니다. 온몸에 힘이 없었거든요. 이럴 때는 염치 불고하고 도움을 받아야겠다고 생각했죠. 게다가 왠지 민우의 곁에 머물러야 한다는 느낌이 들었습니다. 설명하긴 어렵지만 고양이에게는 가끔 그런 촉이 올 때가 있거든요.

그렇게 해서 전 민우의 집으로 가게 되었습니다.

민우는 건강이 좋지 않은 엄마와 둘이서 살고 있었습니다. 폭력을 휘두르는 아빠에게서 도망친 두 모자. 뭐, 아주 흔하디흔한 이야기이죠. 방 두 개짜리 반지하에서 산다는 것도, 엄마가 빌라 계단 청소로 겨우 생계를 유지한다는 것도, 착한 민우가 그런 엄마를 돕는다는 것도 어디선가 들어봤음직한 이야기일 겁니다. 그날도 엄마를 도와 빌라 청소를 하러 왔다가 죽어가는 절 발견한 거였죠.

사실 민우 엄마 입장에서는 제가 달갑지 않았을 겁니다. 그럼에도 저와 함께 사는 걸 허락한 이유는 민우에게 친구를 만들어 주고 싶었기 때문이었습니다. 가난하고, 공부 못하고, 학교 마치면 늘 엄마를 도와야 하는 민우에게 친구가 없다는 것 또한 이 이야기의 흔한 설정 중 하나죠.

"고양이야. 와서 이거 먹어."

민우는 동원참치 라이트를 자주 사줬습니다. 그것보다 중요한 것은 저를 다른 이름이 아니라 '고양이'라고 불러준다는 사실이었죠. 우매한 인간들 중에는 고양이가 이름을 불러도 다가오지 않는다며 개에 비해 쌀쌀맞다 불평하는데 그건 저희를 모르고 하는 소리입니다. 자기 멋대로 우스꽝스러운 이름을 지은 후 그게 좋다고 불러대니 저희 도도한 고양이족 입장에서는 불쾌하기 짝이 없는 일일 수밖에요.

저는 민우가 절 '고양이'라고 부르는 게 좋았습니다. 제게 이야기할 때의 그 다정한 말투와 변성기가 막 지난, 조율이 덜 된 목관 악기 같은 목소리도 좋았습니다. 민우는 제게 종종 자신의 꿈 이야기를 했습니다.

"고양이야. 난 인기 웹 소설 작가가 되고 싶어. 그래서 돈도 많이 벌고 싶어. 엄마 병도 치료해드리고."

민우는 밤마다 자는 시간을 줄여가며 웹 소설을 연재하고 있었습니다. 〈괴담 일기장〉이라는 제목으로 오싹하고 무서운 이야기를 썼죠. 물론 조회 수는 거의 나오지 않았습니다. 그래도 전 민우의 이야기가 재미있었습니다. 민우는 그날 쓸 웹 소설을 제게 들려주곤 했어요. 민우는 잠이 부족해서인지 늘 머리가 아프다고 하면서도 쓰는 걸 멈추지 않았습니다.

민우와 함께 지낸 지 한 달 정도 지난 어느 날, 제게 운명과도 같은 일이 찾아왔습니다.

네. 맞습니다. 짐작하신 그대로입니다.

바로 이 장화죠.

민우의 집에는 청소용품이 많았습니다. 그중에는 장화도 몇 켤레 있었죠. 민우와 엄마는 장화를 신고 빌라 청소를 했거든요.

그날도 민우는 엄마와 함께 청소를 하고 돌아왔습니다. 전 현관으로 나가 민우를 맞이했죠. 엄마는 몹시 어둡고 지친 표정으로 말 한마디 없이 방에 들어가 버렸습니다. 민우가 말하더군요.

"엄마가 아파서 제대로 일을 못 하니까 빌라 한 곳에서 이제 나오지 말라고 했어."

그렇게 말하는 민우의 얼굴도 슬퍼 보였습니다. 나는 어떻게 위로해야 할지 몰라 그저 바라만 보고 있었습니다. 살갑게 구는 건 고양이족의 일이 아니니까요. 그때 민우가 신발장을 열더니 제일 구석에서 뭔가를 꺼냈습니다.

"엄마 기분 풀어지게 신발장 정리를 할 거야. 엄마가 늘 해야지, 해야지 말씀만 하셨거든. 버릴 건 버리고…."

민우가 그 말과 함께 낡은 고무장화 한 켤레를 꺼내는 순간 전 온몸의 털이 곤두서는 경험을 했습니다. 찌릿, 하고 수염에 전기가 오더군요. 흔한 표현이지만 그야말로 심장이 내려앉는 것 같았습니다. 전 한눈에 알아봤습니다.

그 장화가 제 운명의 신발임을.

"야옹."

제 간절하고 다급한 울음에 민우가 멈칫했습니다. 그러고는 장화와 저를 번갈아 바라봤죠.

"이 장화가 왜? 내가 작년에 신었던 건데 이젠 안 맞아서 버려야 하거든."

"야옹!"

저는 다시 힘껏 울었습니다.

"혹시… 이걸 가지고 싶다는 거야?"

다행히 민우는 눈치가 빨랐습니다. 저는 앞발로 장화를 건드렸습니다. 그러자 민우가 특유의 천진한 표정으로 배시시 웃더군요.

"신기하네. 장화를 다 좋아하고. 고양아. 그럼 내가 이걸 선물로 줄게."

민우는 제가 그저 장화를 가지고 놀고 싶어 하는 거라고 생각했습니다. 하긴, 고양이족과 운명의 신발 이야기를 인간인 민우가 알 리 없었겠죠.

"그럼 이 장화는 여기 둘게. 이건 앞으로 네 거야."

그 낡고 검은 장화를 현관에 놓아두며 민우가 말했습니다. 저는 너무 흥분해 하마터면 꼬리를 흔들 뻔했습니다. 개처럼 말이죠.

그날 밤, 민우와 엄마가 잠들기를 기다려 저는 현관으로 갔습니다. 장화가 은은한 광채를 내며 저를 부르고 있더군요.

아! 그때의 설렘은 고양이의 언어로도, 인간의 언어로도 표현할 길이 없습니다. 그 순간 장화와 저는 세상에서 가장 강력한 자석이었습니다. 고양이족에게 축복처럼 내려오는 운명의 끌림 앞에서 저는 가르랑거리는 소리조차 내지 못하고 숨을 참을 수밖에 없었습니다.

잠시 후 저는 장화에 뒷발을 넣었습니다.

조심스럽게, 그리고 살며시.

세상에 딱 한 켤레만 존재한다는 운명의 신발을 신은 그 순간 눈앞에는 별이 번쩍였고 심장은 튀어나올 듯 뛰었으며 머릿속에는 폭풍이 몰아쳤습니다. 너무나 강렬한 충격에 잠시 정신을 잃을 정도였죠.

다시 깨어났을 때 저는 두 발로 서 있었습니다.

이 장화를 신은 채로 말이죠.

변한 것은 그뿐만이 아니었습니다.

인간의 언어로 말할 수 있게 된 건 물론 고양이족의 잠재 능력이 모두 깨어나 지식과 지혜의 눈이 생겼으며 더욱 날카로운 발톱과 예민한 수염 그리고 강력한 힘을 가지게 되었습니다. 동시에 한 가지 사실 또한 선명하게 깨달았죠. 그것은 마치 고양이족의 선조가 지시하듯 제 귓가에 웅장하게 울려 퍼졌습니다.

운명의 신발을 준 인간에게 은혜를 갚아야 한다!

은혜 갚은 고양이라는 말은 못 들어보셨을 겁니다. 당연하죠. 고양이는 살면서 누군가에게 은혜를 입을 일이 없거든요. 오히려 인간이 저희를 극진히 모시는 게 당연한 일 아니겠습니까?

하지만 이 장화를 처음 신은 그날, 저는 숭고한 의무를 부여받았습니다. 장화를 선물해준 존재, 민우를 도와야 한다는 의무 말이죠.

물론 은혜를 갚는다는 것 역시 고양이의 자유 의지 안에서 선

택할 수 있는 일이었습니다. 의무를 수행해야 하지만 그것이 맹목적인 복종일 필요는 없으니까요. 참새나 쥐를 사냥해 와 민우의 머리맡에 두는 것만으로도 충분히 은혜를 갚았다고 할 수 있었죠.

하지만 저는 그러지 않았습니다. 죽은 새나 쥐는 민우에게 도움이 되지 않거든요. 민우에게 필요한 것은 돈이었습니다. 새 운동화를 사고, 새 점퍼를 사고, 곰팡이가 득실거리는 반지하에서 탈출할 수 있는 돈. 그리고 엄마의 병을 고칠 수 있는 돈 말이죠.

제가 평범한 고양이를 뛰어넘는 고양이가 되었다 한들 돈을 만들어낼 수는 없었습니다. 훔쳐 올까도 생각해봤지만 그리 현명한 방법은 아니었죠. 저는 조금 더 고민해보기로 하고 장화를 벗었습니다. 제 특별한 능력은 누구에게도 보여주지 않아야겠노라 생각했거든요.

다음 날 밤에도 민우는 아픈 머리를 싸매며 웹 소설을 쓰고 있었습니다. 저는 평범한 고양이로 가장한 채 그 옆에 앉아있었죠.

"고양이야. 사람들은 내 괴담을 안 좋아하나 봐. 아님 내가 못 쓰는 걸까? 정말 일어날 것 같은 오싹한 괴담을 쓸 수 있으면 좋을 텐데…."

순간, 아이디어가 번득 떠올랐습니다. 등허리의 털이 비죽 설 정도로 엄청난 것이었죠. 하마터면 인간의 언어로 "그래!"라고 외칠 뻔할 정도로요.

민우는 고민을 더 털어놓았지만 제 귀에는 들리지 않았습니다. 이미 정신이 딴 데 팔려있었거든요. 전 빨리 시간이 흘러 민우가 잠들기만을 바랄 뿐이었습니다. 그래야 장화를 신고 제 계획을 실행해볼 테니까요.

몇 시간 후 저는 지하철역에 서 있었습니다.

막차 시각이 다 되어 인적이 뜸해진 지하철역의 어둠 속에 몸을 숨기고 있었죠. 장화를 신고 말이죠.

지하철 플랫폼에는 술 취한 남자와 피곤해 보이는 여자 그리고 교복 차림의 남자애 둘뿐이었습니다. 제 계획을 실행하기에는 더없이 좋은 조건이었죠.

이쯤에서 무척 궁금하실 겁니다. 제가 무슨 계획을 세웠는지.

지적이고 현명하며 재기발랄한 저희 고양이족은 언제나 기막힌 계획을 세우죠. 하물며 평범한 고양이도 그럴진대 장화를 신고 잠재 능력이 깨어난 제 계획이 얼마나 대단했을지는 굳이 설명하지 않아도 아시리라 믿습니다.

그렇습니다.

전, 민우를 인기 웹 소설 작가로 만들기로 했습니다.

조회 수나 추천 수, 댓글 개수를 조작할 수는 없는 노릇이었죠. 그런 걸 해봐야 민우에게 득이 되지도 않을 테고요. 중요한 건 민우가 쓰는 괴담이 얼마나 생생한 것인가였습니다. 민우가 연재하는 괴담은 전부 민우의 머릿속, 그러니까 상상에서 나온 것들이었습니다. 저는 그 상상을 모두 현실로 만들겠다는, 실로 대담한 계획을 세웠죠.

고양이가 둔갑술과 환술에 능하다는 옛이야기를 들어보셨는지요? 사람을 홀린다거나 다른 동물로 변신한다거나 하는 이야기 말이죠.

네. 그 이야기는 반은 맞고 반은 틀렸습니다.

모든 고양이가 그런 재주를 부릴 수는 없죠. 다만 저처럼 딱 맞는 운명의 신발을 신은 고양이는 그런 능력을 마음껏 발휘할 수 있습니다. 이 세상 어떤 존재의 눈도 속일 수가 있죠.

자, 이제 제가 무슨 일을 했는지 눈치채셨을 겁니다.

맞습니다. 제 계획을 처음 실행에 옮겼던 그날 밤, 저는 막차를 기다리던 사람들 앞에 귀신의 모습으로 나타났습니다. 괴담 속 귀신으로 말이죠.

저는 팔다리가 비정상적으로 길고 비쩍 마른 얼굴에 눈만 커다란 모습으로 변신해 선로에 나타났습니다. 스크린 도어 너머로 머리가 쑥 나올 정도로 큰 귀신이 된 저를 처음 발견한 사람은 술 취한 남자였습니다.

"어? 뭐, 뭐야?"

자기 머리 위로 짙은 그림자가 드리우자 남자는 고개를 들었습니다. 남자는 처음엔 그저 눈만 껌벅일 뿐이었습니다. 술에 취해 잘못 본 게 아닐까 싶었을 겁니다. 저는 그런 남자를 향해 히

죽 웃어 보였습니다. 뾰족한 이가 촘촘하게 박힌 입을 한껏 크게 벌리며.

"으악!"

남자가 비명을 질렀습니다. 그 소리가 플랫폼에 쩌렁쩌렁 울려 퍼졌습니다. 피곤해 보이는 여자도, 교복 차림의 남자애들도 고개를 돌렸습니다. 그러고는 절 발견했죠. 그때 인간들의 표정을 보셨어야 하는데…. 정말로 웃겼거든요. 저희 고양이족이야 늘 귀신을 보기에 딱히 놀라지 않는다는 걸 잘 아실 겁니다. 하지만 우둔하고 눈 어두운 인간들은 다르죠. 귀신, 그러니까 저를 본 순간 눈을 크게 뜨고 입을 떡하니 벌리더니 그대로 굳어버렸습니다.

그러고 몇 초 후… 약속이라도 한 듯 다 같이 소리를 질렀습니다. 으악, 으아악, 히익, 뭐 이런 비명들이었죠. 술 취한 남자는 아예 주저앉았고, 여자는 엉덩방아를 찧었으며, 남자애 둘은 서로를 부둥켜안았습니다. 그나마 그중 한 명이 담이 좀 큰 건지 휴대폰을 꺼내 절 찍더군요. 제가 바라던 게 바로 그거였기에 전 마음껏 포즈를 취해주었죠. 그런 뒤 성큼성큼 걸어 선로의 진득한 어둠 속으로 사라졌습니다.

민우의 '지하철역 팔척귀신' 이야기를 그대로 재현했던 겁니다.

당장 다음 날부터 난리가 났습니다. 지하철역에 나타난 팔척귀신 이야기는 일파만파로 퍼져나갔어요. 그 자리에 있었던 남학생 중 한 명이 증거라며 휴대폰으로 촬영한 영상을 인터넷에 올린 것도 큰 역할을 했습니다. 영상 속 귀신은 제가 봐도 무섭더군요.

그날이 다 가기도 전에 누군가가 민우의 〈괴담 일기장〉에 실린 글과 팔척귀신 목격담이 유사하다는 것을 알아챘습니다. 그 사람은 '이 웹 소설이 진짜였다고?'라는 제목으로 제일 유명한 인터넷 커뮤니티에 글을 올렸고, 곧 민우의 웹 소설은 폭발적인 조회 수를 기록했습니다. 댓글도 줄줄이 달렸죠. 대박, 진짜 무섭다, 어떻게 알았느냐, 정주행 시작, 신선하다 등 댓글도 칭찬 일색이었습니다.

그때부터였습니다. 제가 사기꾼 고양이로 본격적인 활동을 하게 된 것은.

민우가 쓴 괴담 중에는 이런 이야기도 있었습니다.

제목은 '빨간 운동화를 신은 아이'인데, 시내 곳곳에 빨간색 운동화를 신은 남자아이가 나타나 어른들을 겁주는 내용이었습니다.

그 이야기를 재현하던 날 밤, 저는 무려 일곱 번이나 변신해 일곱 사람을 만나 이렇게 물어야 했습니다.

"제가 아이로 보여요?"

그렇다고 대답하면 집을 찾아달라고 한 뒤 으슥한 골목으로 데려가 이목구비가 하나도 없는 달걀귀신으로 변해 인간들을 혼비백산하게 했죠.

그 일로 민우가 쓴 〈괴담 일기장〉 속 이야기 한 편이 또 현실이 되었지만 사실 저는 꽤 힘들었습니다. 장화를 신고 잠재 능력이 깨어났다고는 하지만 힘에는 분명 한계가 있었거든요. 특히 둔갑술과 환술은 능력을 많이 써야 했기에 집으로 돌아오면 수염 정리할 힘도 남아있지 않았습니다.

"고양이야. 괜찮아?"

아무것도 모르는 민우는 축 늘어져 있는 절 보고는 걱정스레 물었습니다. 민우 역시 상태가 썩 좋아 보이지는 않았습니다. 밤새 두통에 시달린 것 같았어요. 그때쯤 민우는 갑작스레 찾아온 인기에 어리둥절해하면서도 새롭고 재미있는 괴담을 쓰려고 매일 밤 머리를 쥐어뜯었거든요.

"아픈 거야? 아니면 그냥 기분이 안 좋은 거야? 미안해. 그동안 내가 잘 못 놀아줬지."

그게 아니라고 말하고 싶었지만 전 그저 "야옹." 하고 대답하는 게 전부였어요.

"잠시만 기다려!"

민우는 그렇게 말하고는 서둘러 밖으로 나갔습니다. 그걸 보고서도 전 아무런 반응을 할 수 없었어요. 그만큼 몸이 무거웠거

든요. 그래도 후회하지는 않았습니다. 제 계획은 확실히 들어맞고 있었으니까요.

인간들은 실제 벌어진 일처럼 생생한 괴담을 쓰는 작가의 정체를 궁금해하기 시작했어요. 민우는 '초록'이라는 필명으로 글을 쓰고 있었죠. 인간들은 민우가 웹 소설을 연재하는 플랫폼에 다양한 추측 글을 올렸습니다.

초록은 귀신을 볼 수 있다, 초록은 기성 작가이다, 초록은 무당이다, 라는 글부터 초록의 진짜 정체는 귀신이라는 글까지 올라왔죠. 초록, 그러니까 민우의 글도 점점 인기가 높아졌습니다. 제가 실제 사건처럼 꾸며놓은 괴담 아래에는 꼭 '성지순례 왔습니다!' 같은 댓글이 줄줄이 달렸죠. 조금만 더 인기를 끈다면 유료 연재도 가능할 것 같았습니다. 민우도 제게 그 사실을 이야기하며 눈을 반짝였죠.

아! 민우의 그런 표정을 보는 건 참 좋았습니다.

아무튼, 제게 기다리라고 한 뒤 나갔다 온 민우는 최고급 고양이 사료를 사 왔습니다. 은은하게 풍기는 냄새하며 깊으면서도 깔끔한 맛까지, 그 사료는 동원참치 라이트와는 비교할 수 없을 정도로 맛있었습니다. 한 입만 먹었는데도 엄청나게 비싼 사료라는 걸 알 수 있었죠. 그런데 이상하게도 먹으면 먹을수록 목이 메더군요. 살짝 눈물을 흘릴 뻔도 했습니다. 우는 건 저희 고양이족 자존심이 허락하지 않는 일인데도 말이죠.

그 이유는 간단했습니다. 민우는 그 사료를 사기 위해 가진 돈을 모두 털었을 게 분명했거든요. 그게 열다섯 살 인간 소년인 민우의 최선이었습니다. 민우는 항상 그랬습니다. 최선을 다해, 온 힘을 다해 저를 사랑하고 위해주었죠. 아무리 냉철한 이성을 가진 고양이라 한들 그 사실을 알고 울컥하지 않을 수는 없더군요.

저는 민우의 괴담을 재현하는 데 더 힘을 쏟았습니다. 거의 매일 밤 장화를 신고 거리로 나갔어요.

'중학교 과학실 해골귀신' 이야기 아시나요? 그것도 제가 한 겁니다. 해골로 둔갑해서 애들 앞에 슬쩍 모습을 보여줬죠.

'코인 노래방 4444번 노래' 이야기는요? 그것도 제가 한 겁니다. 4444번 노래를 고르면 화면에 등장했죠. 머리카락을 길게 기른 귀신 모습을 하고서.

'편의점 야간 아르바이트' 이야기, 혹시 들어보셨나요? 그것도 제가 한 겁니다. 편의점 야간 아르바이트생이 좀비처럼 변해 달려든 건데 그땐 여러 손님을 상대하느라 꽤 힘들었어요.

'폐지 줍는 수상한 할머니', '검은 헬멧의 배달원', '초인종을 누르는 여자'도 다 제가 한 겁니다. 그런 이야기들 외에도 민우가 꾸며낸 여러 괴담을 제가 현실로 만들었습니다. 인간들은 무서워하면서도 민우의 괴담을 점점 더 많이 찾았죠. 그 결과 〈괴담 일기장〉은 사이트 인기 순위에서 1등을 차지하게 되었습니다.

그리고… 아주 큰 기회가 찾아왔습니다.

그날도 민우는 엄마를 도와 청소를 한 후 집으로 돌아왔습니다. 엄마는 일찌감치 누웠고 민우는 샤워를 했죠. 그때 민우의 낡은 휴대폰이 울렸습니다. 순간, 바로 그 고양이의 촉이 발동했습니다. 수염이 제멋대로 씰룩댔죠.

저는 재빨리 장화를 신었습니다. 그러고는 민우 몰래 전화를 받았어요.

"야… 아, 아니. 여보세요?"

"혹시 초록 작가님 휴대폰입니까?"

정중한 말투의 남자였습니다.

"맞습니다만, 누구시죠?"

저 역시 정중하게 되물었습니다.

"초록 작가님께서 작품을 연재하고 있는 웹 소설 플랫폼의 이상호 대표입니다."

왔구나!

하마터면 그렇게 소리칠 뻔했습니다. 대형 웹 소설 플랫폼의 대표가 무명작가에게 직접 전화를 건다는 것은 뚜렷한 목적이 있다는 뜻이었으니까요. 역시, 제 촉이 맞았던 겁니다.

"아! 그러시군요. 안녕하십니까?"

"네. 저는 초록 작가님께서 연재 중이신 〈괴담 일기장〉과 관련

해서 이야기를 나누고 싶어 전화를 드렸습니다."

"어떤 이야기인가요?"

저는 조심스레 물었죠.

"그 전에 혹시… 초록 작가님 본인 되십니까?"

"아…."

순간 말문이 막혔습니다. 아무리 민우를 도와주고 싶어도 제가 민우 노릇을 할 순 없었으니까요.

뭐라고 해야 할까….

찰나의 시간이었지만 제 머릿속에는 수많은 생각이 오갔습니다.

장화 신은 고양이입니다.

그렇게 말할 순 없는 노릇이었죠.

"저는… 아빠입니다."

"네?"

"민우, 그러니까 제가 초록 작가의 아빠입니다."

네. 맞습니다. 그 순간 저는 민우의 아빠가 되기로 했습니다.

"아! 아버님이시군요. 그럼 혹시 계약 이야기도 아버님과 해야 할까요?"

"네. 우리 민우가 중학생이라 계약은 저와 상의하는 게 맞겠네요. 만나서 이야기하면 어떨까요? 전 내일 오전이나 오후도 시간이 괜찮습니다."

빨리 통화를 마무리해야 했습니다. 민우가 샤워를 끝내고 나올 때가 되었으니까요. 장화를 신은 고양이가 자기 휴대폰을 들고 누군가와 통화하는 모습을 본다면 아무리 괴담을 좋아하는 민우라도 큰 충격을 받겠죠.

"하하. 아버님께서 아주 적극적이시군요. 알겠습니다. 그럼 내일 오후에 뵙겠습니다. 제가 그쪽으로…."

"아닙니다. 주소 알려주시면 제가 가겠습니다."

전 주소를 들은 후 재빨리 전화를 끊었습니다. 화장실에서 샤워하는 소리가 들리지 않았거든요. 휴대폰을 제자리에 두고 장화를 막 벗었을 때 민우가 나왔습니다. 민우는 씻었는데도 그다지 개운한 표정이 아니었습니다. 얼굴을 찡그리고 있었죠.

"머리가 너무 아파. 고양이야."

민우는 우울한 목소리로 중얼거리며 방으로 들어갔습니다. 어깨를 축 늘어뜨린 채로 말이죠. 열다섯 살 인간 소년은 너무 많은 짐을 짊어지고 있었습니다. 전 그 짐을 덜어주고 싶었어요. 진심으로.

다음 날 저는 엄마와 민우가 집을 비운 틈을 타 이상호 대표라는 사람을 만났습니다. 물론 아주 점잖게 생긴 중년 남자로 둔갑하고서 말이죠.

이상호 대표는 선한 인상의 젊은 남자로 눈동자가 무척 맑더군요. 그 속에는 다행히 남을 속이려는 마음은 들어있지 않았습니다.

“이렇게 와 주셔서 감사합니다. 아버님. 단도직입적으로 말씀드리겠습니다. 저희 회사는 초록 작가님과 정식으로 계약하고 싶습니다.”

이상호 대표는 아주 적극적이었습니다. 하지만 거래에 쉽게 응한다면 고양이가 아니죠.

“고민 좀 해보겠습니다.”

“아… 물론 아버님께서는 고민이 되실 거라 생각합니다. 초록 작가, 아니 민우라고 했죠? 몇 학년인가요?”

“올해 중2인데 한창 공부해야 할 시기라서… 우리 민우가 공부도 곧잘 하거든요.”

“그렇군요. 민우 작가님이 공부도 잘하나 보군요. 하긴 머리가 좋아야 이렇게 기막힌 괴담도 쓸 수 있는 거겠죠. 그런데 민우 작가님은 그 어린 나이에 어떻게 괴담을, 그것도 여태 잘 알려지지 않았던 생생한 괴담을 그 정도로 많이 알고 있는 건가요?”

이상호 대표는 진심으로 궁금해하는 표정이었습니다.

“뛰어난 상상력과 부단한 노력 덕분이죠. 하하.”

“조금 더 자세히 말씀해주실 수 있습니까?”

“우리 민우는….”

거기까지 말했을 때였습니다. 다리가 제멋대로 떨리더군요. 코도 근질근질해서 하마터면 앞발, 그러니까 손으로 긁을 뻔했습니다. 둔갑술이 풀리려 한다는 걸 단번에 알 수 있었죠. 아무리 장화를 신었다고 해도 완벽한 인간 모습으로 변해 오랜 시간 유지하는 건 힘에 부치는 일이었습니다.

"어디 불편하십니까?"

제가 말을 잇지 못하자 대표가 묻더군요.

"우리 민우는 어려서부터 호기심이 남달라 한번 궁금증을 품으면 밤을 새서라도 풀어야 했죠. 이런 성격 덕분에 꼼꼼한 취재와 조사를 바탕으로 괴담을 썼고 저도 그 현장으로 데리고 가주는 등 많은 도움을 줬습니다. 민우가 〈괴담 일기장〉을 쓰는 것은 머리가 아플 만큼 힘든 일이지만 우리 민우는 워낙 소설 쓰기를 사랑하고 재능도 있어 늘 즐겁게 하고 있습니다. 민우의 장래 희망이 웹 소설 작가이니만큼 저도 이왕이면 꿈을 이룰 수 있는 방향으로 도와주고 싶습니다. 야옹~"

저는 다급하게, 그야말로 입에 모터를 단 것처럼 말했습니다. 마지막에 야옹은 빼어야 했는데 어쩔 수 없이 튀어나왔죠. 둔갑술이 풀리기 일보 직전이었으니까요. 홀린 듯 저를 보던 이상호 대표는 어색하게 웃으며 입을 열더군요.

"아, 아버님께서 민우 작가님을 얼마나 사랑하고 자랑스러워하는지 알겠네요. 하하. 그럼 계약하시겠다는 거죠?"

"네, 네! 그 전에 동원참치, 아니 차가운 물 한 잔 마실 수 있겠습니까?"

저는 간신히 물었습니다.

"그럼요. 제가 가져오겠습니다."

이상호 대표가 일어났습니다. 저는 그 틈을 타 소파 위에 네 발로 올라가 등을 쭉 폈습니다. 그렇게라도 하지 않으면 도저히 참을 수가 없었거든요. 엉덩이가 근질거렸습니다. 금방이라도 꼬리가 슈욱 돋아날 것 같았죠.

위기, 대위기였습니다!

"대표님!"

저는 벌떡 일어났습니다.

"네?"

생수 한 병을 냉장고에서 꺼내던 이상호 대표가 절 돌아보더군요. 제 목소리가 너무 커서 놀란 눈치였습니다.

"제가 좀 바빠서 그러는데 계약 조건부터 이야기하시죠."

"아! 그러시군요. 저희는 민우 작가님의 〈괴담 일기장〉이 상당히 큰 가능성을 지니고 있다고 생각합니다. 그래서…."

"최고 대우!"

"네?"

이상호 대표는 멍하니 절 바라봤습니다. 전 다급함을 애써 누르며 확실히 못을 박았습니다.

"그 가능성에 투자하시죠! 계약금과 그 밖의 모든 조건을 최고 대우로 해주십시오. 그것만 보장해주시면 우리 민우가 웹 소설 쓰는 걸 허락하겠습니다."

이상호 대표는 잠시 생각에 잠기더니 이내 고개를 끄덕였습니다. 무지하고 우둔하며 우유부단한 인간 중에서도 가끔은 제대로 된 인간이 튀어나오곤 하는데 다행히 이상호 대표가 그런 부류였습니다.

"알겠습니다. 아버님. 모든 조건 다 최고 대우로 맞춰드리겠습니다. 그럼 계약서를 쓰실까요?"

"아닙니다. 이후 일은 민우와 이야기하시면 됩니다. 계약서도 민우와 쓰셔야죠."

"그렇군요. 하지만…."

"대표님. 오늘 제가 왔다는 사실도 우리 민우에게는 비밀로 해주십시오. 전 민우가 자립적으로 크길 원하기 때문에 이제 녀석에게 모든 걸 맡겨보려고 합니다. 그래도 될 만큼 우리 민우는 아주 현명하거든요."

"아버님의 깊은 뜻 잘 알겠습니다. 그럼 제가 민우 작가님께 전화를 걸어 이후 과정을 진행하겠습니다. 아버님?"

저는 그때 이미 문으로 향하고 있었습니다. 얼굴에 고양이 수염이 막 돋아나던 참이었거든요.

"감사합니다. 그럼 전 바빠서 이만!"

그 말을 끝으로 복도로 나간 다음 부리나케 도망쳤습니다. 무슨 정신으로 집까지 갔는지 모를 정도로 다급한 상황이었죠. 간신히 집에 도착한 저는 장화를 벗자마자 탈진해서 쓰러졌습니다. 그러고는 의식을 잃듯 잠에 빠져들었죠.

저희 고양이족은 늘 꿈을 꿉니다. 혹시 그 사실 아십니까? 다채로운 꿈을 꾸는 생명체일수록 지능은 물론이고 감수성까지 발달했다는 것을요. 그러니 고등 생물인 고양이가 매일 밤 꿈을 꾸는 건 어쩌면 당연한 일이죠. 그때도 꿈을 꿨습니다.

꿈에서 저는 민우를 보고 있었습니다. 민우는 멋진 양복을 입고 사람들 앞에서 이야기를 하는 중이었죠. 늘 수줍음이 가득하던 그 얼굴에 자신감에 찬 미소가 넘쳐흘렀습니다. 그걸 보는 것만으로도 좋더군요.

그 자리에 모인 인간들은 민우의 말 한마디 한마디에 귀를 기울이며 고개를 끄덕였습니다. 기자들도 보였습니다. 연신 카메라 플래시가 터졌죠. 민우 뒤쪽에는 '성공한 10대 작가에게 듣는 웹 소설 쓰기 특강'이라고 적힌 플래카드가 걸려있었습니다.

전 민우 엄마도 발견했습니다. 건강한 모습으로 환하게 웃고 있더군요.

모든 게 다 좋았습니다.

모든 게.

모두 제 계획대로 되었으니까요.

"고양아! 고양아!"

민우가 절 흔드는 바람에 꿈에서 깼습니다. 저는 졸린 눈을 애써 뜨며 민우를 올려다봤죠.

"고양아! 진짜 좋은 소식이 있어!"

그렇게 말하는 민우는 잔뜩 흥분한 듯 보였습니다. 민우 엄마도 뒤에 서 있었죠. 저는 민우의 다음 말을 기다렸습니다. 행복한 마음으로.

"내가, 내가 계약하게 됐어! 나 웹 소설 연재하는 데서 방금 연락이 왔거든. 〈괴담 일기장〉을 정식으로 계약하고 싶대! 계약금도 엄청 많이 준대! 그리고 유료 연재라서 돈도 벌 수 있어."

"야옹."

저는 한껏 기쁜 마음을 담아 울었습니다. 민우는 그런 절 덥석 끌어안더니 제 얼굴에 자기 얼굴을 비비기 시작했습니다.

"모두 네 덕분이야. 널 만나고 좋은 일들이 마구 생겼어. 고마워. 고양아. 정말 고마워!"

전 그저 그르렁거리는 소리를 내며 민우의 품에 꼭 안겨있기만 했습니다. 콩닥콩닥 뛰는 민우의 심장을 느끼면서요.

그날 밤 엄마는 치킨을 시켰습니다. 민우가 제일 좋아하는 음식이었죠. 엄마와 민우는 연신 웃었습니다. 전 조용히 치킨 속살을 먹으며 두 사람을 바라봤습니다. 참으로 이상하게도, 단순하기 짝이 없는 인간 둘이 서로를 보며 웃는 모습을 보는데 저도 행복해지더군요. 맞습니다. 그 밤은 정말로 행복했습니다. 이제 민우 앞에는 그렇게 행복만 기다리고 있을 것 같았습니다.

하지만… 제 촉이 잘못되었다는 걸 깨닫기까지는 그리 긴 시간이 걸리지 않았습니다.

바야흐로 진실이 드러나는 순간이 되었군요. 진실은 언제나 냉정하고 날카롭습니다. 마치 저희 고양이족의 발톱처럼. 그리고 그 진실보다, 제 발톱보다 훨씬 더 날카롭고 치명적인 게 무엇인지 아십니까?

그건 바로 운명입니다.

운명은, 동원참치 라이트에 넣어둔 무색무취의 쥐약처럼 불시에 찾아와 삶을 송두리째 뒤흔들고 맙니다. 운명에 좌지우지되는 건 인간도, 고양이도 마찬가지이죠. 물론 고등 생물인 저희 고양이족은 닥쳐온 운명을 거스를 힘과 용기를 가지고 있지만 나약한 인간은 대부분 굴복하고 말죠. 특히 열다섯 살 어린 소년이라면 더욱더.

그 행복한 밤이 지나고 며칠 후, 민우는 쓰러지고 말았습니다. 저녁을 먹다가 머리를 감싸 쥐고는 그대로 정신을 잃었죠. 구급차에 실려 가는 민우를 보며 저는 자책하고, 또 자책했습니다. 민우가 쓰러질 정도로 아팠다는 걸 미리 알지 못했던 아둔함에 스스로를 용서할 수 없을 지경이었죠.

민우에게 남은 시간은 한 달밖에 없었습니다. 머릿속에 몹시 나쁜 놈이 자라있었거든요. 엄마는 제게 그 이야기를 들려주며 펑펑 울었습니다.

"민우가… 민우가… 이제 좀 행복해지나 싶었는데… 불쌍한 우리 아들!"

저는 장화를 신고 몰래 집을 빠져나와 민우가 입원한 병원으로 향했습니다. 모두가 잠든 깊은 밤이었죠. 민우 역시 불 꺼진 병실에서 잠들어있었습니다. 민우의 얼굴은 아픈 사람 같지 않게 말갛습니다. 금방이라도 일어나 "고양이야!"라고 부를 것 같았죠.

장화를 벗고 저도 침대에 올라갔습니다. 그러고는 그저 한 마리의 평범한 고양이가 된 채 민우의 품 안으로 파고들었습니다. 몸을 동그랗게 말고 눈을 감았습니다. 슬펐습니다. 태어나서 처음으로, 그리고 아마도 마지막으로 저는 슬픔을 느꼈습니다. 고양이족은 눈물을 부끄러워한다고 말씀드렸죠?

하지만 그 밤, 저는 소리를 죽인 채 조금 울었습니다. 뜨끈한 눈물이 수염을 적시는 걸 느끼며 전 다짐했죠.

이 아이를 살려야겠다고.

민우를 다시 행복하게 만들어야겠다고.

그 이후 한 달 동안 저는 궁리하고 또 궁리했습니다. 민우를 살릴 방법에 대해서 말이죠. 말씀드렸다시피 운명의 신발을 찾은 고양이는 세상의 여러 신비를 자연스레 알게 됩니다. 지식도 늘어나고 지혜도 깊어지죠. 그런데도 어려운 일이었습니다. 우선, 뭔가를 해 보기에는 한 달이라는 시간이 너무나 짧았습니다. 의사들은 이미 포기했더군요. 인간의 의학으로는 이미 어쩔 수 없는 상황이었던 거죠. 저 역시 고양이족이 알고 있는 모든 정보와 비밀과 비법을 총동원해 방법을 간구했지만 뾰족한 수가 떠오르지 않았습니다. 죽음이라는 운명을 늦추는 일은 아무리 장화 신은 고양이라도 쉽게 해낼 수 있는 일이 아니었죠.

아등바등하는 사이 한 달이 훌쩍 흘렀습니다. 의사의 말대로 민우의 상태는 점점 나빠졌습니다. 장화를 신고 몰래 병원에 갈 때마다 민우의 얼굴에 드리운 죽음의 그림자를 확인할 수 있었죠. 그래서 저는 절망하고 분노했습니다.

어제도 그랬습니다. 전 민우를 보자마자 죽음이 하루 앞으로 성큼 다가왔다는 사실을 눈치챘죠. 멍하더군요. 거대한 무력감에 고개를 들 수도 없었습니다. 그저 혼잣말을 중얼거릴 뿐이었죠.

"둔갑술 따위 없어도 좋으니 널 살릴 수만 있다면…."

그때였습니다.

네. 바로 그때였습니다.

민우를 살릴 방법이 떠오른 건!

그야말로 번개처럼 묘책이 떠올랐고, 전 빠르게 성공 가능 여부를 계산했습니다. 될 것 같더군요. 아니, 무슨 일이 있어도 반드시 성공해야 했습니다.

저는 오늘 낮부터 장화를 신고 병원에 숨어있었습니다. 여차하면 계획을 실행해 옮기기 위해서 말이죠.

그리고 저녁 무렵이 되었을 때 바로 당신이 찾아왔습니다. 이번에는 촉이 제대로 발동했습니다. 수염을 통해 당신의 존재를 느낄 수 있었죠. 그다음에 제가 한 일은 비교적 간단합니다. 민우를 위해 수도 없이 했던 그 일들과 같은 거였죠. 괴담을 현실로 만들기 위해 귀신과 요괴와 괴물로 둔갑했던 바로 그 일들… 그러니까, 일종의 사기 말이죠.

저는… 민우로 둔갑했습니다.

혼신의 힘을 다해 능력을 사용했기에 완벽하게 변할 수 있었습니다. 그래서 저승사자님 당신도 속일 수가 있었지요.

민우는 지금 다른 병실에서 자고 있을 겁니다. 아마 곧 회복하겠죠. 아시다시피 저희 고양이족은 원래도 죽음의 세계를 잘 이해하고 있습니다. 죽음은 돌이킬 수 없는 일이죠. 그렇다는 건, 누군가에게 죽음이 집행되면 그것이 번복되지 않는다는 뜻일 겁니다. 그래서 이런 계획을 세웠습니다. 민우를 대신해 제가 죽었으니 이제 민우는 죽음에서 벗어나게 되겠죠.

저승사자님께서 인간 이민우가 아니라 장화 신은 고양이인 저를 데리고 저승의 강을 건너고 있는 이유가 바로 이것입니다.

제 마지막 사기에 저승사자님께서 걸려드신 거죠. 정말로 죄송합니다. 나쁜 의도로 속인 게 아니라는 것은 저의 짧은 변명으로 어느 정도 이해하셨을 거라고 생각합니다.

염라대왕님 앞에서도 지금처럼 설명드리겠습니다. 그러면 저승사자님께서는 문책당하지 않으실 겁니다. 운명의 신발을 찾은 고양이의 둔갑술에는 누구든 속을 수밖에 없다는 걸 염라대왕님도 아실 테니까요.

네? 후회하지 않느냐고 물으셨습니까?

후회하지 않습니다. 저는 고양이 생의 절반 이상을 이미 살았습니다. 나머지 절반을 더 사는 것보다 민우를 위해 제 목숨을 포기하는 편이 제게는 훨씬 가치 있는 일입니다.

네? 왜 그렇게까지 하냐고요?

저승사자님께서는 궁금한 게 많으시군요. 하긴, 도도하고 우월한 고양이가 한낱 인간을 위해 희생한다는 건 좀처럼 없는 일이긴 하죠. 맞습니다. 아무리 은혜를 갚아야 한다고 해도 목숨까지 내줄 필요는 없었죠. 저야 이 장화를 신고 다른 곳으로 떠나면 그만이니까요.

하지만 전 그러지 않았습니다.

글쎄요. 저도 제가 왜 이렇게 했는지 잘 모르겠지만, 굳이 이유를 찾자면… 민우라는 아이를 진심으로 사랑하게 되었기 때문 아닐까요?

하하. 고양이 입에서 사랑이라는 단어가 나오니 이상하죠? 그런데 사랑이 아니라면 도저히 설명할 수 없는 일이 생기기도 하더군요. 제가 그랬으니까요. 언제부터였는지는 모르겠습니다. 민우가 절 구해줬을 때부터였을 수도 있고, 제게 장화를 줬을 때부터였을 수도 있겠죠. 사실 그건 중요한 게 아닙니다.

중요한 사실은 한 고양이가 한 인간을 사랑했고, 그래서 기꺼이 최선을 다했다는 거죠.

이상으로 사기꾼 고양이의 짧은 변명을 마치겠습니다.

피곤하군요. 저승에 도착하기 전까지 좀 쉬겠습니다. 끝까지 이야기를 들어주셔서 감사합니다. 그럼….

야옹.

작가의 말

《장화 신은 고양이》는 어린 시절에 제가 가장 좋아한 동화였습니다. 작은 고양이가 기막힌 방법으로 주인을 돕는 장면들이 무척 재미있고 인상적이었습니다. 장화를 신었을 뿐인데 이족보행을 하고 무서운 오우거까지 물리치는 모습 역시 신기했습니다. 장화 신은 고양이가 오우거를 생쥐로 변하게 해 잡아먹는 장면에서는 그 뛰어난 지혜에 감탄했죠.

많은 세월이 흐른 후 이 동화를 다시 읽었습니다. 역시 재미있고 흥미진진했지만, 이번에는 한 가지 궁금증이 생겼습니다. 장화 신은 고양이는 왜 그토록 열심히 막내를 도왔던 걸까요? 원작 동화에는 그 이유가 뚜렷하게 나오지 않습니다.

제가 〈사기꾼 고양이의 짧은 변명〉을 쓰게 된 것은 바로 그 이유가 궁금했기 때문입니다. 고양이가 무슨 이유로 막내를 도운 건지 알아내려고 고민했고, 그 고민의 결과를 하나의 이야기로 풀어보았습니다.

흔히 고양이는 새침한 동물로 알려져 있습니다. 실제로도 무척 도도합니다. '고양이 집사'라는 말이 괜히 나온 게 아니죠. 이런 동물이 기꺼이 누군가를 위해 자신의 힘을 사용하고 심지어 희생까지 하는 이야기 속에서 저는 '사랑의 보편성'을 말하고 싶었습니다.

저는 어릴 때 누군가를 사랑하는 마음은 아주 특별한 조건에서만 생긴다고 여겼습니다. 사랑은 위대하고 숭고하며 대단한 것이라고만 말했기 때문입니다.

하지만 점점 나이를 먹고 누군가를 사랑하게 되는 경험이 늘어나면서 저는 다른 깨달음을 얻었습니다. 그건 바로 사랑은 어디에나 있고 누구나 할 수 있으며 아주 사소한 계기에서도 피어날 수 있다는 것이었습니다.

그 사람이 보여주는 작은 친절 하나만으로도 우리는 충분히 사랑에 빠질 수 있습니다. 따뜻한 말 한마디, 정성껏 준비한 선물, 다정한 눈빛과 미소, 칭찬, 겸손…. 언뜻 평범해 보이는 이 모든 것이 누군가를 사랑하기에 충분한 조건이 됩니다. 그리고 그런 사랑 역시 위대하고 숭고하며 대단합니다.

그리 오래되지 않은 옛날, 이제는 할머니가 된 어머니에게 왜 저를 사랑하느냐고 물었던 적이 있습니다. 어머니는 이렇게 말씀하셨습니다.

"네가 갓난아기 때 보여줬던 그 해맑은 미소 때문에 지금껏 사랑하고 있지."

찰나의 순간에도 우리는 사랑에 빠집니다. 그런 사랑이 영원히 계속되기도 합니다. 누구나 진정한 사랑을 할 수 있으며 또 누구나 그런 사랑을 받을 수 있습니다. 이것이 제가 생각하는 사랑의 보편성입니다.

경계심 강한 고양이가 집사의 무릎에 눕거나 품에 파묻혀 잠을 잔다는 것은 그 사람을 진심으로 믿고 사랑하기 때문이라는 말을 들었습니다. 이렇듯 사랑은 사람과 동물 사이에도 존재합니다. 그야말로 어디에나 있고 어떤 사이에서도 피어날 수 있는 것, 그게 바로 사랑이죠.

장화 신은 고양이가 막내를 도왔던 것은 '사랑' 때문이었습니다. 고양이가 막내를 왜 사랑하게 되었는지는 저도 잘 모르겠습니다. 장화를 선물 받았기 때문일 수도 있고 자신을 버리지 않아서였기 때문일 수도 있겠죠. 어쩌면 아무 이유가 없을지도 모르겠습니다.

저는 여러분이 〈사기꾼 고양이의 짧은 변명〉 속에서 사랑의 힘과 소중함을 찾을 수 있기를 바랍니다. 그리고 지금 사랑하는 사람을 위해 작은 친절을 베풀 수 있기를 바랍니다.

은색 운동화

남유하

원작 《오즈의 마법사》에 대하여

《오즈의 마법사》는 1900년 라이먼 프랭크 바움이 쓴 동화입니다. 100년이 훌쩍 넘은 지금에도 아동 문학의 고전으로 세계의 어린이들에게 사랑받고 있습니다.

도로시, 허수아비, 양철 나무꾼, 사자 등 매력적인 캐릭터들이 함께 모험하며 자신이 가진 장점을 찾아가는 이야기가 시대를 넘어 우리에게 감동을 주기 때문이겠지요.

"고향만큼 좋은 곳은 없어요!(There's no place like home!)"라는 도로시의 마지막 대사도 깊은 울림을 전합니다.

《오즈의 마법사》의 줄거리는 단순합니다.

캔자스 외딴 시골집에 사는 도로시는 어느 날 회오리바람에 휩쓸려 하늘로 날아갑니다. 도착한 곳은 먼치킨들이 사는 이상하고 낯선 나라. 도로시는 고향으로 돌아가기 위해 에메랄드시에 사는 위대한 마법사 오즈를 찾아가기로 합니다. 그리고 모험길에 뇌를 갖고 싶은 허수아비, 심장이 필요한 양철 나무꾼, 용기 없는 겁쟁이 사자를 만납니다.

오즈는 사악한 서쪽 마녀를 죽이고 돌아오면 모두의 소원을 들어주겠다고 합니다. 도로시 일행은 다 같이 서쪽 마녀를 물리치러 갑니다. 그 과정에서 까마귀와 벌떼, 날개 달린 원숭이들의 공격을 받기도 하지만 힘을 합쳐 위험에서 빠져나갑니다.

마침내 도로시 일행은 서쪽 마녀를 없애고 에메랄드시로 돌아옵니다. 오즈는 약속했던 대로 허수아비에게 두뇌를, 양철 나무꾼에게 심장을, 사자에게 용기를 상으로 줍니다. 그리고 도로시는 착한 마녀 글린다의 도움으로 신고 있던 은색 구두의 굽을 맞부딪쳐서 무사히 고향으로 돌아옵니다.

작가는 이야기 속에 유머와 위트, 반전을 숨겨놓았습니다. 아무에게도 진짜 모습을 보여주지 않던 마법사 오즈는 사실 엄청난 비밀을 간직한 인물입니다.

어떤 비밀인지는 여러분이 직접 읽어보세요. 도로시 일행과 여행하면서 여러분도 허수아비의 지혜를, 양철 나무꾼의 사랑을, 사자의 용기를 얻을 수 있을 테니까요.

앞으로 내게 몇 번의 생일이 남아있는지는 모르겠어. 하지만 오늘, 열다섯 번째 생일이 내 인생 최악의 생일이라는 건 알겠어. 나는 지금 블루아트홀에 있어. 생일을 맞아 내가 좋아하는 뮤지컬 〈위키드〉를 보러 왔거든. 문제는 내 양옆에 아빠와 이수진이 앉아있다는 거야. 이수진을 보고 싶지 않아 고개를 오른쪽으로 15도 틀었어. 여전히 시야에 이수진의 옷자락이 보이지만 그보다 더 틀면 아빠의 옆모습을 봐야 해. 아빠도 보기 싫은 건 마찬가지야. 아니, 둘 중에 누가 더 싫은지 결정해야 한다면 단연코 아빠지. 아빠는 엄마가 죽은 지 석 달 만에 엄마의 주치의이자 아빠의 대학 동창인 이수진과 결혼했어.

엄마의 관을 운구할 때 내 손에 들린 액자의 감촉이 아직도 선명한데… 사진 속에서 웃고 있던 엄마… 엄마의 얼굴이 떠오르자 더는 앉아있을 수가 없었어.

"화장실 다녀올게."

아빠에게 작게 말하고 공연장을 빠져나왔어. 아빠와는 말도 섞고 싶지 않았지만 안 그러면 쫓아 나올까 봐 어쩔 수 없었어. 사람들의 따가운 눈총이 잔뜩 구부린 등에 날아와 박혔지.

"지금 나가면 쉬는 시간까지 재입장 불가능하신데 괜찮으시겠어요?"

유니폼을 입은 직원이 물었어.

"네. 화장실이 급해서요."

엉거주춤 소변이 마려운 연기까지 하고 공연장을 나섰어. 로비에는 아무도 없었지. 나는 허리를 쫙 펴고 유유히 밖으로 나왔어.

어디로 갈까? 생일을 자축할 겸 딸기 케이크가 맛있는 카페라도 찾아볼까? 주머니에서 휴대폰을 꺼내고 기지개를 켜는데 정문 기둥 옆에 펼쳐진 좌판이 눈에 들어왔어.

벼룩시장에 물건 팔러 나온 것처럼 자그마한 돗자리 위에는 반짝이는 은색 운동화와 커다란 보석이 달린 황금 모자, 초록색 알이 끼워진 안경 같은 것들이 놓여있었어. 기념품 가게는 안쪽에 있었는데 이건 이벤트 같은 건가?

"학생, 구경하고 가요."

마녀 차림을 한 여자가 말했어. 초록색 얼굴에 검은색 고깔모자를 쓴 걸 보니 엘파바 코스프레를 했나 봐. 구경하고 싶은 마음도 있었지만 근처에서 시간을 끌다가 아빠가 따라 나오면 곤란하니까.

"네에."

고개만 끄덕이고 가려는데 여자가 코앞에 은색 운동화를 내밀었어.

"이 운동화 학생한테 잘 어울릴 것 같은데."

가까이서 보니 더 예뻤어. 눈이 크게 떠질 만큼. 무엇보다 나는 지금 이수진이 선물한 신발을 신고 있었지. 잘됐다. 이 은색 운동화를 나에게 주는 생일 선물로 하면 되겠어. 하지만 돈이 없는데… 아빠가 준 체크 카드를 썼다간 당장 잡히고 말 거야.

나는 주머니를 뒤져봤어. 꼬깃꼬깃한 천 원짜리 두 장이 전부였지.

"다음에 올게요."

뻔한 거짓말을 하고 돌아서는데 여자가 내 앞을 가로막았어. 화낼까? 가뜩이나 기분도 안 좋은데.

"저 돈 없어요."

나는 화내는 대신 최대한 퉁명스럽게 말했어.

"괜찮아. 이거 내가 주는 선물이야."

"장난치지 마세요."

"장난이라니? 오늘 네 생일이잖아."

"그걸… 아줌마가 어떻게?"

"아줌마라니. 난 서쪽 마녀야."

코스프레에 메소드 연기까지, 정말 열심히 일하는 아줌마구나. 근데 내 생일이란 건 어떻게 알았을까? 아무 말이나 한 거겠지, 뭐.

"얼른 신어봐."

"정말 돈 없다니까요."

"선물로 준다니까. 넌 이 운동화를 가질 자격이 있어."

"무슨 자격이요?"

"넌 충분히 불행한 아이니까."

내 인생이 행복하지 않다고는 수도 없이 생각했지만 그걸 굳이 남의 입으로 듣고 싶지는 않았어. 이번에야말로 화를 내려는데 여자가 운동화를 내 발 앞에 내려놓았지.

꼬깃꼬깃 접은 자국이 있는 돗자리에는 날개 달린 원숭이들이 그려져 있었어. 어딘가 수상한 냄새가 났어. 블루아트홀에서 하는 이벤트라기에는 너무 볼품없고 조잡했지.

"자, 어서 신어."

여자가 재촉했어. 아무래도 제정신이 아닌 것 같아.

"잘 봤습니다."

"집에서 벗어나고 싶지 않아? 이 신발이 널 원하는 곳으로 데려다줄 거야."

여자가 팔을 휘두르자 소매 폭이 넓은 검은색 코트 자락이 펄럭였어. 여자에게서 젖은 이끼 냄새와 마른 낙엽 태우는 냄새가 났어.

"원하는 곳으로요? 뒤꿈치를 세 번 맞부딪치고 외치는 거죠?"

"정답!"

"어디든 갈 수 있다고요? 에메랄드 시티? 아님 캔자스 시골집?"

나는 코웃음을 치며 말했어.

"아니, 아니야. 그건 안 돼. 이 신발은…."

여자가 뭔가 말하려는데 갑자기 하늘이 어두워지고 검은 구름이 몰려왔어.

"비가 오려나 봐. 난 가야겠어."

여자가 돗자리 모서리를 잡고 휙 당기자 돗자리가 복주머니처럼 오므라들었어. 마술인가? 여자는 보따리를 어깨에 둘러메고 옆에 세워두었던 빗자루를 눕혔어. 이럴 수가! 빗자루가 바닥에서 떠올라 여자의 골반 즈음에 둥둥 떠 있었어.

"다음에 보자!"

여자가 서둘러 빗자루에 올라탔어. 뮤지컬 〈위키드〉에서 엘파바가 자존감을 찾고 〈Defying Gravity(중력을 넘어서)〉를 부를 때처럼 빗자루가 하늘로 올라가기 시작했지. 와이어도 없는데 슬금슬금 올라가더니 순식간에 구름 위로 날아가 버렸어.

뭐? 진짜 마녀였어?

나는 입을 헤 벌린 채 지나가는 사람들을 쳐다봤어. 사람들은 무심하게 자기 갈 길을 가고 있었어. 하늘을 나는 마녀 따윈 보이지 않는다는 듯 평온한 표정이었지.

툭, 이마에 차가운 빗방울이 떨어졌어. 마녀가 떠난 자리에는 은색 운동화만 덩그러니 남아있었지.

이게 정말 도로시의 은색 구두라면?

내가 원하는 곳 어디든 갈 수 있다면?

나는 마른침을 꼴깍 삼키며 은색 운동화를 신었어. 신기하게

도 발에 딱 들어맞았지. 이수진이 사준 신발은 그 자리에 벗어 두었어.

'이 신발이 널 원하는 곳으로 데려다줄 거야.'

마녀의 말이 귓속에 고여있었어. 어디 한번 시험해볼까?

나는 도로시처럼 뒤꿈치를 세 번 맞부딪치고… 아무 말도 하지 못했어.

집에서 벗어나고 싶은 마음은 간절했지만 어디로 가고 싶은지는 생각해본 적이 없었으니까. 게다가 어디를 가든 맨몸으로 갈 수는 없잖아. 돈도 필요하고 말도 안 통할 텐데… 런던이든 뉴욕이든 공간 이동을 하려면 준비가 필요했어. 일단 집에 가서 생각해보자.

버스를 타고 창밖을 내다보는데 자꾸만 눈물이 났어. 나는 매년 생일마다 이번에는 엄마가 긴 잠에서 깨어나기를, 나와 함께 소원을 빌고 생일 케이크의 촛불을 끌 수 있기를 기도했었거든. 앞으로는 기도조차 할 수 없게 되었어. 흑흑, 입술 사이로 소리가 새어 나왔지. 옆자리 아줌마가 흘끔흘끔 보더니 내 무릎에 살짝 손을 얹으며 물었어.

"학생, 왜 울어? 어디 아파?"

아니요, 라는 대답 대신 고개를 젓고 뒷문이 열리자마자 버스에서 내렸어. 나는 거인의 눈물처럼 툭, 툭 떨어져 내리는 비를 맞으며 걸었지. 내가 열다섯 살밖에 되지 않았다는 사실이 너무

나 원망스러웠어. 어른이라면 어디라도 갈 수 있을 텐데. 일자리를 찾고, 집을 구하고…. 꼭 외국이 아니라도 괜찮아. 제주도에 가서 아무도 나를 찾지 못하게 신분을 숨기고 귤 농사를 지으면서 살 수도 있을 텐데.

집에는 아빠가 와 있었어. 다행이라면 이수진이 없다는 것 정도였지.

"어떻게 된 건지 설명해볼래?"

현관에서 신을 벗기도 전에 아빠의 차가운 목소리가 날아왔어. 나도 더는 피하지 않기로 했지.

"내 생일이잖아."

"그래서?"

"생일인데, 싫어하는 사람들 사이에 있기 싫었어."

내 목소리는 자신감 없게 들리는 데다 떨리기까지 했어. 훨씬 더 딱딱하고 차갑게 말하고 싶었는데.

"그래, 오늘 네 생…"

쿨럭쿨럭, 아빠가 마른기침을 했어. 금방이라도 숨이 넘어갈 듯 쇳소리까지 나는 기침이었지. 기침한 지 꽤 된 것 같은데 약도 안 먹나? 기침 소리가 듣기 싫어 방으로 들어가려는데 아빠가 목을 가다듬고 말했어.

"도대체 새엄마를 왜 그렇게 싫어하는데?"

"새엄마라고 하지 마. 그렇게 생각한 적 없어."

"엄마라고 하라는 것도 아니고 새엄마라고도 못 해? 너 정말 왜 그래? 둘이 친했잖아?"

"그건 이수진 선생님일 때지."

"그런 말도 안 되는 소리가 어딨어?"

"왜 말이 안 돼? 엄마 죽고 3개월 만에 재혼한 아빠는 말이 되고? 도대체 이수진이랑 왜 결혼한 거야? 나 우리 반에서 얼굴을 들고 다닐 수가 없어. 애들이 엄마 장례식에 와서 얼마나 울었는데. 선생이란 사람이 학생들 보기 쪽팔리지도 않아?"

얼굴이 새빨개진 아빠의 코에서 거센 바람이 들락거렸어. 몇 번 숨을 고르던 아빠는 나지막한 목소리로 말했지.

"안 그래도 교장 선생님께 말씀드렸어. 학교는 이번 학기까지만 다니고 그만둘 거야."

"그래? 쪽팔린 줄은 아나 보네. 그럼 학교부터 그만두고 재혼하지 그랬어. 도대체 뭐가 그렇게 급했어?"

"11년이야. 엄마는 11년 동안이나 식물인간으로 지냈잖아. 아빠는 엄마를 보내줘야 했어."

"거짓말, 그 여자랑 결혼하려고 엄마 호흡기를 뗀 거지?"

"소이, 너 진짜!"

"살인자! 꼴 보기 싫어!"

나는 현관문을 열고 밖으로 나갔어. 아빠가 또 따라올까 봐 계단으로 뛰어 내려가는데 쫓아오는 소리가 들리지 않았어. 아빠도 내가 사라지길 바라는 거야. 그럼 이수진이랑 둘이서 행복하게 살겠지. 나는 계단참에 멈춰 섰어. 그리고 은색 운동화를 내려다봤어. 어서 목적지를 말하라는 듯 운동화 코가 반짝였지만 어디로 가야 할지 아직도 정하지 못했지.

터덜터덜 계단을 내려갔어. 2층까지 갔을 때 우산을 안 갖고 나왔다는 걸 알았어. 어차피 젖었는데 뭐 어때. 아까부터 몸이 떨리고 열이 좀 나는 것 같지만 기껏해야 죽기밖에 더 하겠어? 생일날 죽는 것도 나쁘지 않겠네.

그사이 비는 그치고 하늘은 보라색으로 물들어있었어. 다행이라는 생각은 별로 들지 않았지. 울면서 걸을 때는 비가 내리는 편이 낫거든.

발이 가는 대로 걷다가 도착한 곳은 병원이었어. 엄마가 11년 동안 입원해있던 병원. 엄마는 내가 네 살 때 교통사고를 당했어. 내게 병원은 놀이터이고 공부방이었지. 엄마와 추억의 장소이기도 하고.

누워있는 엄마와 그 옆에서 재잘대는 나. 엄마는 항상 눈을 감고 있었지만 귀에 대고 얘기하면 엄마가 알아들을 거라고, 이수진이 말해주었어.

그때는 이수진이 참 좋았어. 아빠랑 대학 다닐 때 같은 동아리였다며 엄마도 잘 봐주고 나한테도 잘해줬거든. 병원 안에 있는 모든 식당에서 이수진과 함께 밥을 먹었어. 가끔은 주변 사람들이 쳐다볼 정도로 크게 웃기도 했지. 초경을 했을 때 병원 지하 슈퍼에서 생리대를 사준 것도 이수진이야. 주말이면 우리 집에 와서 계란프라이를 두 개 올린 김치볶음밥을 만들어주곤 했어. 이수진은 가족이 없었으니까. 이수진의 부모님은 교통사고로 돌아가셨거든. 그것 때문이 아니더라도 어딘지 통하는 면이 있었어. 새엄마가 되지 않았다면 지금도 잘 지낼 수 있었을 텐데….

나는 병원 앞 벤치에 주저앉았어. 짙은 보랏빛 하늘에 엄마의 옆얼굴을 닮은 반달이 떠 있었지.

"엄마, 나 어디로 갈까?"

언제나처럼 아무런 답이 돌아오지 않았어. 자꾸 한숨만 나왔지. 어디든 갈 수 있는데 어디로 가야 할지 모른다니 너무 한심해.

주렁주렁 수액을 매단 아저씨가 수액 걸이를 밀며 내 옆으로 지나쳐갔어. 저녁을 먹고 산책하는 모양이야. 천천히 걷는 아저씨를 보고 있으려니 며칠 전 영화에서 본 센 강변이 떠올랐어. 괜히 겁먹지 말고 파리에나 가볼까? 에펠탑을 보는 것도 나쁘지 않을 거야. 잠깐 가서 구경만 하고 돌아오면 되니까. 나는 벤치에 앉은 채로 다리를 쭉 뻗었어. 그리고 뒤꿈치를 세 번 맞부딪쳤지.

"날 파리로 데려다줘!"

아무 일도 일어나지 않았어. 일어서서 해야 하나? 자리에서 일어서려는데 뾰족한 코가 들려 올라간 장화가 보였어. 어느 결에 내 앞에 마녀가 와 있었지.

"엘파바?"

"날 그렇게 부르는 사람들도 있다만 난 이름이 없어. 그냥 서쪽 마녀야."

"여긴 어떻게 찾아왔어요?"

"난 서쪽 마녀니까."

"그래요. 그건 믿을 수 있어요. 내 앞에서 날아가는 걸 봤으니까. 하지만 이 운동화는 마법이 통하지 않아요."

"어디로 가고 싶다고 했는데?"

"파리요."

"파리? 프랑스 파리?"

하하하, 마녀가 배를 잡고 과장되게 웃었어. 뭐가 그렇게 웃긴 건지. 나는 미간에 잔뜩 힘을 주고 마녀를 노려봤어.

"아, 미안. 아까는 비가 와서 급히 가느라 설명을 다 못했지 뭐야. 알다시피 나는 물에 닿으면 사라지잖아."

"원하는 곳에 데려다주는 신발이라면서요."

"응."

"파리에 가고 싶다고요."

"그게… 말이지. 이 운동화는 어떤 도시나 나라 같은 곳으로는 데려다줄 수 없어."

"네?"

"네가 들어가 보고 싶은 사람의 머릿속으로 데려다줄 거야."

"뇌 속으로 들어간다는 말이에요?"

"음, 그게 아니라 기억과 감정이 머무는 곳, 마음속이라고 해야 하나?"

"마음속이라뇨? 전 다른 사람 마음 따위 궁금하지 않아요."

"그래? 그럼 그 신발은 소용없겠구나. 돌려줘."

마녀가 빗자루를 옆구리에 끼고 말했어.

"돌려달라고요? 지금요?"

"응."

"맨발로 집에 가라고요?"

"어쩔 수 없지, 뭐."

"잠깐, 잠깐만요. 생각 좀 해볼게요."

양말도 신지 않았는데 맨발로 가라니. 그럴 바엔 누구의 마음속이라도 들어가 보는 편이 나을 것 같았어. 좋아하는 남자애가 있다면야 고민할 필요도 없겠지. 학기 초에 잠깐 박경민에게 관심이 있었지만 이젠 아니야. 록 그룹의 보컬인 재스퍼는 어떨까?

아니, 영국 남자 마음속에 들어가 봐야 무슨 소리를 하는지 알아듣지도 못할 거야. 이수진에 대해서는 생각하고 싶지도 않고. 그렇다면, 남은 사람은….

아빠.

아빠가 도대체 무슨 생각으로 그렇게 빨리 재혼했는지 알고 싶어. 내가 아는 아빠는 세상 누구보다 엄마와 나를 사랑했는데…. 솔직히 말하면 지금도 아빠의 결정이 믿기지 않아. 게다가 요즘 아빠는 사춘기 소년처럼 걸핏하면 화를 내. 정작 사춘기를 맞은 건 난데 어이없는 일이지. 그래, 아빠의 기억과 감정을 살펴봐야겠어.

"어디로 갈지 정했어요."

"어떻게 해야 하는지는 알고 있지?"

엘파바, 아니 이름 없는 서쪽 마녀가 나를 보며 미소 지었어. 나는 고개를 끄덕이고 운동화 뒤꿈치를 세 번 맞부딪쳤어.

"날 아빠의 마음속으로 데려가줘!"

힘껏 외친 순간 주변 건물의 불빛과 지나가는 차들의 소리가 사라졌어. 몸이 허공에 붕 뜨더니 수영장 슬라이드처럼 좁은 통로를 빠르게 미끄러져 나갔지. 그뿐만이 아니었어. 몸이 물컹물컹해지는 것 같았어. 위아래를 잡아당기듯 길쭉하게 늘어났다가 몇 초 지나지 않아 거대한 손이 누르는 듯 납작해지는 느낌. 숨을 크게 들이마시려 했지만 폐까지 납작해진 듯 공기가 들어오지 않았지.

캑캑, 숨을 쉬기 힘들었어. 가만, 조금 전 마녀가 자기는 이름이 없다고 했잖아. 그냥 서쪽 마녀라고. 저 마녀가 〈위키드〉의 엘파바가 아니라 《오즈의 마법사》의 서쪽 마녀라면 나쁜 마녀인데 나 나쁜 마녀한테 속았나? 이러다 정말 생일날 죽는 거 아니야? 싫어. 살려줘요!

그때 세찬 회오리바람이 불어왔어. 나는 소용돌이에 휘말려 정신을 잃었어.

출렁출렁.

물소리에 눈을 떴어. 나는 물 위에 떠 있었어. 동굴처럼 생긴 어두운 곳에. 물이 얼마나 깊은지 발이 바닥에 닿지 않았어. 가라앉지 않으려 팔을 휘저으며 이게 어찌 된 일일까 생각해 봤지.

여기가 아빠의 마음속이라니. 그럴 리가 없어. 역시 마녀에게 속은 거야. 큰일이다. 돌아가야겠어. 발뒤꿈치를 부딪치려다 중심을 잃고 물속으로 가라앉았어. 바닷물처럼 짠물을 몇 모금이나 들이키고 나서야 간신히 수면으로 올라왔지.

"여기는 감정의 동굴이야."

유치원생 남자아이 같은 목소리에 뒤를 돌아봤어. 하얀 강아지가 내 쪽으로 헤엄쳐 오고 있었지. 저 강아지는….

"마루?"

"소이야, 잘 있었어?"

마루였어. 마루는 우리 집에서 키우던 몰티즈야. 엄마가 아빠랑 결혼하기 전부터 데리고 살던 강아지. 나보다 나이가 많은 마루는 5년 전, 무지개다리를 건넜어. 그런 마루를 여기서 다시 만날 줄이야! 나는 마루를 덥석 끌어안았어.

"진정해. 가라앉잖아."

마루가 앞발로 내 가슴을 밀어내며 말했어. 푸핫, 나는 웃음을 터트렸어. 예전에 내가 학교에 갔다 오면 마루는 내 품에 달려들어 뽀뽀를 퍼부었고, 나는 진정하라며 마루를 밀어냈던 기억이 떠올랐거든. 아쉽지만 마루를 놓아주고 팔다리를 휘저으며 물었어.

"여긴 항상 물에 잠겨있어?"

"아니, 아빠가 슬플 때만. 눈물을 흘려야 수위가 낮아지는데 아빠는 눈물을 참으니까 여기 고인 거야."

"정말? 그럼 아빠가 울지 않으면 어떡해? 계속 이렇게 있어야 해?"

"물론 아니지. 날 따라와."

마루가 짧은 다리를 바지런히 움직이며 앞장섰고 나는 그 뒤를 따라 헤엄쳐갔어. 팔이 뻐근해질 즈음 지대가 높아지기 시작했지.

"힘내. 저기 빛이 보이지?"

마루의 말대로 멀리 빛이 들어오는 구멍이 보였어. 앞으로 나아갈수록 구멍이 점점 커졌지. 나는 해파리처럼 흐느적거리며 구멍 밖으로 빠져나왔어.

동굴 밖은 언덕이었어. 나는 언덕 위에 서서 마을을 내려다봤지. 도로시 일행이 지나쳐갔을 법한 아기자기한 마을. 마을에는 오래된 집도 있고 새로 생긴 집도 있고 막 짓기 시작한 집도 있었어. 그 집들은 모양도 색깔도 다 달랐지. 그렇다고 무질서해 보이는 건 아니고, 파스텔 색조의 집들이 묘하게 어울렸어. 마을 한가운데는 라푼젤의 성처럼 높다란 탑도 있었지.

"여긴 기억의 마을이야."

마루가 물을 털며 말했어. 어찌나 빠르게 몸을 터는지 머리에서 시작된 진동이 몸으로 이어져 꼬리에서 끝나는 모습은 언제 봐도 신기했지. 나도 티셔츠의 물을 대충 짰어. 은색 운동화는 물에 빠진 적이 없다는 듯 반짝였어.

"기억의 마을?"

"감정의 동굴이 현재 느끼는 감정을 담는다면 기억의 마을은 말 그대로 기억을 담고 있는 곳이야."

"저기 저 높은 탑은?"

"저기는 감정 통신소야. 예전 기억을 떠올리면 그때 느꼈던 감정을 저기서 전달해주거든."

"기억과 감정이 같이 저장되는 게 아니구나."

"응. 통신소에 보관된 감정은 시간이 지날수록 농도가 옅어져."

석 달 전 엄마가 떠난 날을 떠올리면 지금도 눈물이 나. 하지만 그때 느꼈던 슬픔의 농도에 비하면 훨씬 옅어진 게 사실이지. 어떨 때는 그래서 더 슬퍼. 그렇게 엄마에 대한 감정이 흐려지고 어느 날 기억에서도 사라질까 봐.

"내려가자."

나는 마루와 함께 언덕을 내려갔어. 언덕 위에서는 보이지 않았는데 마을 어귀에 작은 놀이공원이 있었어. 어릴 때 엄마 아빠와 함께 갔던 놀이공원이었지. 그곳은 사람들로 붐볐어.

"저기 가볼래?"

마루가 물었어.

"응."

매표소를 지나는데 어딘지 모르게 이상한 느낌이 들었어. 바이킹에 탄 사람들, 풍선을 든 아이, 솜사탕을 베어 무는 연인들…. 자세히 보니 모두 '사람'이 아니었어. 사람을 닮은 흐릿한 형체였지. 나도 모르게 진저리를 쳤어.

"으으, 저 사람들, 좀 섬뜩해."

"여긴 기억의 마을이잖아. 아빠가 기억하는 것들만 또렷이 남아있거든."

마루가 차분한 목소리로 말했어. 그러고 보니 사람뿐만 아니었어. 바이킹이나 회전목마도 뭉글뭉글 모서리가 뭉개진 느낌이었지. 또렷이 보이는 건 빙글빙글 돌아가는 회전컵뿐. 엄마와 나는 노란색 컵에 타고 있었어. 아빠는 열심히 사진을 찍었고. 손을 흔드는 엄마, 웃고 있는 엄마를 보니 심장이 마구 흔들렸어. 내가 기억하는 엄마는 언제나 눈을 감고 산소마스크를 쓰고 있었거든.

"나 이날 찍은 사진 기억나. 여기 왔던 기억은 잘 안 나지만."

"그럴 수밖에 없지. 네가 겨우 네 살 때였으니까."

마루가 초롱초롱한 눈으로 나를 올려다봤어. 나는 마루 앞에 쪼그려 앉았어. 비록 아빠의 기억 속이라고 해도 엄마를 다시 마주하니 무릎에 힘이 빠져 서 있을 수가 없었지. 마루가 내 무릎으로 뛰어 올라왔어. 나는 마루의 머리를 쓰다듬었어.

놀이 기구가 멈추고 엄마와 네 살짜리 내가 아빠에게 달려가 안겼어. 다음은 어디로 갈까? 나는 기대하며 자리에서 일어났어. 하지만 아빠에게 안겼던 엄마와 나는, 눈 깜박할 사이에 회전컵에 타고 아빠에게 손을 흔들었지. 마치 세상이 접혔다가 펴진 것처럼.

"아빠의 기억이라서 그래. 녹화해둔 영상을 반복 재생한다고 생각하면 비슷할 거야."

마루가 내 팔에 턱을 괸 채 말했어. 나는 한 걸음 한 걸음 엄마에게 다가갔어. 그때였어. 아빠에게 손을 흔들던 엄마와 눈이 마주쳤지. 아니, 내 착각일 거야. 아빠의 기억 속에 존재하는 엄마와 눈이 마주칠 리는 없으니까.

"아아, 어지러워."

얼굴 한가득 웃음을 머금은 채 어린 내 손을 잡고 내려오는 엄마. 나는 엄마의 등에 손을 뻗었어. 과학관에서 본 홀로그램 영상처럼 내 손이 엄마의 몸을 통과했지. 엄마를 한 번 더 만져보고 싶었는데. 코끝이 시큰해지고 금세 눈물방울이 솟았어. 내 감정의 동굴에도 물이 가득 차오르고 있겠지.

"너무 슬퍼하지 마. 너도 예상했잖아."

마루가 조그만 목소리로 말했어. 나는 마루의 정수리에 코를 묻었어. 어, 뭔가 이상했어. 기억 속 세상의 엄마를 만질 수 없다면 마루는 어떻게 만지고 대화할 수 있는 거지?

"사실 나는 마루가 아니야."

마루가 내 속을 읽은 듯 말했어. 나는 깜짝 놀라 마루를 떨어뜨리듯 내려놓았어.

"그, 그럼 넌 뭐야?"

"난 서쪽 마녀가 보낸 안내자야. 네가 편할 것 같은 모습으로 변한 것뿐이야."

어쩐지. 아무리 아빠의 마음속이라고 해도 마루가 말을 하는 건 좀 이상했어.

"네 본모습은 뭔데?"

"나? 난…"

"아니, 아니야. 그냥 마루로 있는 게 낫겠다."

"네가 원한다면."

마루가 꼬리를 흔들며 말했어.

"그만 가자."

나는 놀이공원을 나왔어. 서쪽 마녀가 보낸 안내자, 마루도 부지런히 따라 나왔어. 어차피 추억에 젖어 있으려고 이곳에 온 건 아니니까. 아빠의 최근 기억을 찾아야 해. 설마 아빠가 정말로 엄마의 산소마스크를 뗀 건 아니겠지?

"소이야, 천천히 가."

마루가 헥헥거리며 쫓아왔어. 분홍색 혀를 빼문 모양은 옛날 모습 그대로인데 마루가 아니라 기억의 안내자라니 아직도 실감이 나지 않았지.

마을 안으로 들어가는데 어디서 본 듯한 집과 마주쳤어. 마당에 감나무가 있는 집, 사진으로만 본 아빠의 시골집이었어. 어린 아빠는 평상에 엎드려 책을 읽고 있었어. 아빠는 어려서부터 몸이 약했대. 형제도 없어서 책과 친구 삼아 지냈다고 했지. 내가 건강하고 씩씩한 엄마를 닮아 다행이라고 말하곤 했어. 정작 내게는 건강하고 씩씩한 엄마의 기억이 없는데.

시골집 옆에는 아빠가 다닌 학교가 있었어. 초등학교, 중학교, 고등학교를 지나서 대학교까지… 놀이공원처럼 현실과 똑같지는 않지만 비슷한 모양이었어. 한참을 걷다 보니 젖었던 옷은 말라 뽀송해졌고 목이 마르기 시작했어. 아빠의 기억 속에 마트 같은 건 없나 봐.

"도대체 병원은 어디 있는 거야?"

"이쪽이 지름길이야."

마루를 따라 대학 교정을 가로질러 후문으로 나갔어. 그러자 딴 세상에 온 것처럼 마을의 분위기가 달라졌지. 온통 라벤더색 벽돌로 지어진 마을 한가운데 거대한 성이 있었어. 들판에는 라벤더가 가득 피어있었고 분수에서는 연보랏빛 물줄기가 솟아올랐지. 도로시 일행이 초록빛으로 물든 에메랄드 시티에 갔을 때 이런 느낌이었을까?

"여기는 어디야? 아빠가 이런 데 와봤을 리는 없고…."

"아빠의 소중한 기억 보관소야."

"기억 보관소?"

"감정 통신소처럼 현실에는 존재하지 않는 곳이지."

"들어가 보자."

나는 아름다운 성으로 들어갔어. 아빠의 소중한 기억에는 분명 엄마가 있을 테니까. 놀이공원에서처럼 큰소리로 웃는 엄마의 모습을 보고 싶었거든.

기억 보관소는 딱딱한 이름과 달리 멋진 호텔처럼 보였어. 1층에는 샹들리에가 달린 로비가 있었고 짙은 보랏빛 융단이 깔린 계단이 2층으로 이어졌지. 2층은 복도 양쪽으로 방들이 쭉 늘어서 있었어. 문득 아빠의 소중한 기억에 이수진이 있으면 어쩌나 하고 걱정했지만 방에 붙어있는 이름을 보고 한시름 놓았어.

다희와 첫 만남, 다희와 첫 키스, 다희와 결혼식, 신혼여행, 소이가 태어난 날, 소이 백일… 방 이름들을 보고 있자니 명치끝에서 뜨거운 덩어리가 뭉쳐졌어. 문 하나하나를 다 열어보고 싶었지만 먼저 어떤 기억들이 있는지 확인하고 싶었지. 소이의 돌잔치, 소이의 걸음마 같은 이름이 붙은 방들이 이어졌어. 은은한 라벤더 향이 풍기는 복도를 따라가다 보니 나른한 기분마저 들었지. 그리고 복도 끝에 '라벤더 축제'라는 방이 있었어. 기억났어. 사고가 나기 전 엄마는 라벤더를 무척 좋아했었대.

"이 방부터 볼래."

나는 문손잡이를 잡아당겼어.

"안 돼!"

마루가 귀를 펄럭이며 내게 뛰어왔어. 문이 활짝 열리기도 전에 복도가 검붉게 물들었지. 매캐한 냄새도 났어. 끼이이익! 자동차가 급브레이크를 밟는 소리가 들리고… 방 안에서 뜨거운 기운이 밀려와 나를 감쌌어. 문틈으로 보이는 방 안에는 괴물의 혓바닥 같은 불길이 일렁였지. 후끈, 얼굴이 달아오르고 방 안으로 빨려 들어가려는 순간 마루가 펄쩍 뛰더니 허수아비로 변했어. 허수아비는 나를 밀치고 문을 세게 닫았어.

"미안, 이 안에 아빠의 가장 괴로운 기억까지 있는 줄은 몰랐어."

허수아비가 바닥에 주저앉은 내게 손을 내밀며 사과했어. 손가락 끝의 밀짚이 새카맣게 그을려 있었지. 나는 지푸라기 손을 잡고 일어났어. 기억 안내자의 진짜 모습은 허수아비였던 거야.

"괜찮아?"

허수아비가 걱정스러운 목소리로 물었어. 엄마의 사고 장면을 봤는데 괜찮을 리가 없잖아. 차가 불길에 휩싸이던 순간 엄마는 얼마나 놀랐을까. 얼마나 고통스러웠을까. 눈에서 눈물이 뚝뚝 흘러내렸어. 나는 빠른 걸음으로 기억 보관소를 빠져나왔어. 허수아비도 조용히 나를 따라왔지.

길 건너편에 병원의 녹색 십자가가 보였어. 이곳에 가면 엄마의 마지막 날을 볼 수 있을 거야. 아빠의 기억 속에서나마 엄마에

게 작별 인사를 제대로 하고 싶어. 엄마는 내가 학교에 간 사이에 떠났거든. 물론 아빠의 진짜 마음도 알 수 있겠지.

성큼성큼 병원 안으로 들어갔어. 환하게 불이 밝혀진 곳은 병원 입구의 카페였어. 구석 자리에 아빠와 이수진이 심각한 얼굴로 마주 앉아 있었지. 나는 계산대 옆에 놓인 탁상 달력을 봤어. 3월 26일. 엄마가 우리를 떠나기 한 달 전이야. 엄마가 병실에 누워있는 동안 두 사람은 저렇게 만났었구나.

"용서할 수 없어."

"잠깐, 무슨 얘기하는지 들어봐."

허수아비가 말했어.

"들어볼 필요도 없어."

카페를 지나쳐 엘리베이터를 탔어. 그리고 엄마가 있던 8층으로 올라갔어. 808호 옆에 또 808호가 있었지. 807호도 809호도 없이 오직 엄마의 병실만이 줄지어있었어.

"너도 짐작하겠지만 날짜별로 쌓인 기억들이야."

"응. 그런데, 병실에는 나 혼자 들어가고 싶어."

나는 허수아비에게 속삭이듯 말했어.

"그래, 난 여기서 기다리고 있을게."

허수아비가 바스락 소리를 내며 고개를 끄덕였어.

엄마가 누워있는 병실을 몇 개나 지나쳤는지 몰라. 내가 있는 방과 내가 없는 방, 꽃이 있는 방과 꽃이 없는 방… 하얀 침대에 누워 잠자듯 눈을 감고 있는 엄마만 한결같았지. 내가 기억하는 가장 익숙한 엄마의 모습. 수업을 마치고 병원으로 올 때면 언제나 마음이 조급해졌어. 엄마가 나를 기다리지 않고 영영 사라져버렸을까 봐.

마침내 나는 맨 끝방에 도착했어. 마지막 808호, 엄마의 마지막 날이라는 뜻이지. 숨을 크게 내쉬고 병실 문을 열었어. 병실은 환한 빛에 싸여있었지. 눈이 부셨어. 저절로 눈이 감겼는데 눈꺼풀 아래 새겨진 잔상에 놀라 눈을 떴어. 엄마가 침대 위에 앉아있는 거야! 침대 머리에 등을 기대고 고개를 꼿꼿이 든 채. 아빠는 어디에도 없었어. 그때는 이상하다는 생각도 하지 못했지.

"소이야. 우리 딸 많이 컸네."

엄마의 목소리가 들려왔어. 온몸이 따뜻해지는 느낌.

"엄마!"

나는 엄마에게 달려가 안겼어. 할 말이 너무 많은데 목구멍에서는 엉엉, 울음소리만 나왔어.

"울지 마, 소이야."

"엄마… 어떻게… 여기에…."

"우리 소이 만나러 아빠 기억 속으로 들어왔어. 소이랑 작별 인사하려고 온 마음을 모았어."

"그럼 아까 놀이공원에서도?"

"응, 잠깐이지만 눈이 마주쳤잖아."

나를 바라보는 엄마의 눈이 부드럽게 휘었어. 가만, 엄마도 나처럼 아빠의 기억 속에 들어온 거잖아? 그럼 엄마도 아빠가 재혼한 걸 알고 있을까? 만약 그렇다면 엄마는 나보다 백 배는 더 슬플 텐데….

"엄마, 아빠가…."

아빠 얘기를 하는 게 맞을까? 아니야, 지금은 엄마와의 시간에 집중하는 게 좋겠어.

"응?"

"나, 여기, 아빠의 기억 속에 오면 엄마랑 또 만날 수 있는 거야?"

"그러면 좋겠지만…."

엄마가 가만히 고개를 저었어.

"지금도 오래 있지는 못해. 그래도 엄마는 이렇게 소이랑 만날 수 있어서 행복해."

"안 돼! 싫어. 엄마 가지 마!"

나는 네 살배기 아이처럼 투정을 부렸어. 병원에 들어올 때는 엄마에게 작별 인사만이라도 하고 싶었는데 막상 엄마를 만나고 나니 더, 더 오래 있고 싶었어. 엄마의 손이 내 머리를, 두 볼을 부드럽게 어루만졌어.

"우리 딸, 너무 슬퍼하지 마. 엄마는 항상 네 곁에 있을 거야. 햇살이 드리울 때만 보이는 작은 먼지처럼 잘 보이지는 않아도… 네가 외로운 날 얼핏 느낄 수 있을 정도지만 항상…."

엄마의 입술이 내 이마에 살포시 내려앉았어.

"소이야, 사랑해."

"엄마, 나도, 나도 사랑해."

나는 다급하게 말했어. 엄마에게 사랑한다는 말을 꼭 해주고 싶었거든. 엄마는 세상에서 가장 다정한 미소를 지었어. 빛에 둘러싸인 엄마의 몸이 점점 희미해져 갔지.

엄마가 떠난 뒤 멍하니 침대에 걸터앉아 있었어. 온화했던 병실이 점점 차가운 느낌으로 변해갔지. 아빠의 원래 기억으로 돌아온 거야. 텅 빈 방에 아빠와 이수진이 있었어.

"우리 소이 불쌍해서 어떡해."

아빠가 이수진을 끌어안고 울었어. 악어의 눈물.

"소이한테 얘기해야 해."

이수진이 말했어. 냉정한 목소리였지.

"엄마를 잃은 아이에게? 그럴 순 없어."

"그럼 어쩌려고?"

"그냥 내 말대로 하자. 우리, 결혼하자."

설마 잘못 들었을 거라고 생각했어. 아니, 잘못 듣지 않았다는 걸 알고 있었어. 엄마가 죽은 날, 아빠는 이수진에게 청혼했어. 여러 경우의 수를 상상해봤지만 이건 상상도 못 했던 일이야. 우리 아빠는, 최악의 인간이야. 목구멍에서 쓴 물이 넘어왔어. 토할 것 같은 기분이었지.

"그래, 결혼할 거야. 어차피 난 다른 사람하고 결혼할 생각도 없고… 나도 소이 좋아하니까 소이에게 가족이 되어주고 싶어. 하지만 너도 솔직해야 해. 안 그러면 소이가 오해할 거야."

"누가 가족이 되어달라고 했어? 내 핑계 대지 마!"

나는 이수진의 앞에 서서 소리쳤어. 당연히 두 사람은 내 말을 듣지 못했지. 병실을 뛰쳐나와 엘리베이터를 탔어. 허수아비가 놀란 얼굴로 따라왔지만 닫힘 버튼을 눌러버렸어. 그리고 습관처럼 3층을 눌렀지.

3층에는 하늘정원이 있어. 엄마 곁에 왔다가 마음이 답답해질 때면 하늘정원에 갔거든. 언제나 파란 하늘은 아니었지만 하늘을 보고 있으면 술렁이던 마음이 차분해졌어. 제발, 아빠의 기억 속에도 하늘정원이 있기를.

엘리베이터에서 내려 익숙한 복도를 지나니 하늘정원으로 통하는 문이 있었어. 다행이라고 생각하며 정원으로 나갔어. 파란 하늘이 보이고 정원 벤치에 아빠가 앉아있었지. 그리고 그 옆에

나도 앉아있었어. 뭐지? 아빠 얼굴이 핼쑥한 걸 보니 오래된 기억 같지는 않은데…. 요사이 난 아빠랑 하늘정원에 온 적이 없거든.

"소이야, 아빠가 할 말이 있는데."

할 말? 나는 숨죽여 다음 말을 기다렸어.

"뭔데?"

아빠의 기억 속 내가 무뚝뚝하게 물었어.

"아빠가 아파."

"약 먹어."

"약 먹어서 낫는 병이 아니야."

"뭐?"

"아빠는 네 곁에 오래 있지 못할 거야."

"왜 그래, 아빠. 그런 말 하지 마. 듣기 싫어."

"아빠 그래서 재혼했어. 그동안 솔직히 말 못 하고 화나게 해서 미안해."

"아니야, 거짓말이야. 거짓말…."

아빠의 기억 속 내가 머리를 감싸 쥐고 몸을 잔뜩 웅크린 채 울었어. 아빠는 슬픈 표정으로 내 등을 쓰다듬다가 고개를 돌리고 기침했어. 컹컹, 기침 소리가 울렸어.

전혀 눈치채지 못했다면 거짓말이야. 한집에 사는데 어떻게 모를 수 있겠어. 아빠의 기침 소리, 새벽에 들리는 앓는 소리, 한숨 소리… 전부 못 들은 척하고 싶었어. 아빠가 큰 병에 걸렸을까

봐 겁이 났어. 그냥 모른 척하면 괜찮아질 줄 알았어.

엄마가 세상에서 사라진다는 사실은, 불안해도 어느 정도 각오하고 있었어. 하지만 아빠가 없다는 건 상상도 할 수 없는 일이니까.

옆에서 바스락, 소리가 났어. 어느새 허수아비가 곁에 와 있었어. 와락, 허수아비를 끌어안았어. 그리고 밀짚이 다 젖도록 울었어.

"이상해. 내게는 이런 기억이 없어."

"이건 아빠의 상상 기억이니까. 아빠가 상상 속에서 네게 말해준 거야. 몇 번이고 말하려고 생각만 해서 상상 기억으로 남게 된 거지."

아빠의 마음을 알면 속이 시원할 줄 알았는데 마냥 먹먹하기만 했어. 나는 아빠가 차라리 나쁜 사람이길 바랐는지도 몰라. 아빠는 엄마를 잃은 지 얼마 되지 않은 나를 걱정하느라 내게 미움을 받기로 한 거야. 바보 같아. 빨리 집에 돌아가야겠어. 그리고 아빠가 얼마나 바보 같은지 말해줘야지. 소매로 눈물을 훔치고 허수아비를 올려다봤어.

"고마워. 이제 집에 갈게."

"그래. 잘 가, 소이야."

허수아비가 내 어깨를 두드려주었어. 나는 마지막으로 허수아비와 포옹하고 가만히 뒤꿈치를 부딪쳤어. 하나, 둘, 셋.

"나를 집에 데려다줘."

여기 올 때와 반대로 몸이 부풀어 오르는 느낌이 들었어. 온 세상의 공기가 내 폐 속으로 빨려 들어와 가슴이 터질 것 같았어. 정신을 잃지 않으려 아랫입술을 꾹 깨물었지만 소용없었어. 턱에 힘이 빠지고 눈앞이 아득해졌지.

눈을 떴어. 나는 내 방 침대에 누워있었어. 아주 긴 잠을 잔 느낌. 창밖이 환한 걸 보니 아침인가 봐. 나는 다리를 번쩍 들어 올렸어. 여전히 내 발에 신겨있는 은색 운동화는 먼지 하나 묻지 않고 새것처럼 반짝였어. 운동화가 없었다면 전부 꿈이라고 생각했을 거야.

"정신이 들어?"

머리맡에서 들리는 목소리에 깜짝 놀랐어. 서쪽 마녀였어. 나는 튀어 오르듯 침대에서 일어났어.

"내, 내 방에서 뭐 해요?"

"널 기다리고 있었지. 생각보다 오래 있더라. 아, 저거 덕분에 심심하진 않았어."

마녀가 방바닥을 가리켰어. 바닥에는 레고 조각들이 잔뜩 흩어져 있었지. 자세히 보니 궁궐과 마을을 만든 거였어.

"에메랄드 시티야. 어때?"

"에메랄드 시티요? 그런데 왜 흰색으로 만들었어요?"

"에메랄드 시티는 원래 초록색이 아니잖아. 오즈가 도로시 일행에게 초록 안경을 씌워서 그렇게 보인 거지."

맞아. 원래는 에메랄드 시티도 다른 도시들과 마찬가지였지. 오래전에 읽어서 잊고 있었어. 색안경을 끼면 세상은 한 가지 색으로만 보이는 거야. 어쩌면 나도 지금까지 내 멋대로 색칠한 안경을 끼고 있었는지도 몰라.

"이제 운동화는 내가 가져갈게."

마녀가 내 발을 내려다보며 말했어.

"다른 아이에게 주려고요?"

"물론 그래야지. 그전에 내가 좀 신으려고."

서쪽 마녀는 코가 뾰족한 장화를 벗어 보따리에 집어넣고 은색 운동화를 신었어. 그러자 운동화가 반짝이는 은색 구두로 바뀌었지.

"나도 집에 가서 따뜻한 차를 마시면서 쉬어야겠거든."

"마음속으로만 들어갈 수 있다면서요?"

"여기가 아니라면 내 집이 어디 있을 것 같아?"

마녀가 가슴 한가운데 손을 올리며 말했어. 마녀의 집은 마음속에 있는 걸까? 나는 고개를 갸웃했어. 확실히는 모르겠지만 알 것도 같았거든. 마녀가 씨익 웃더니 구두 굽을 세 번 부딪치고 외쳤어.

"날 집으로 데려다주렴!"

서쪽 마녀는 어디론가 빨려 들어가듯 눈앞에서 사라졌어. 모자가 가장 먼저 사라지고 팔, 다리, 몸통, 마지막으로 얼굴과 구두가 사라졌지. 반짝, 은색 구두코가 남긴 조그만 빛이 민들레 홀씨처럼 창밖으로 날아갔어.

"소이야, 일어났니?"

조금 전 마녀의 목소리를 들은 걸까? 밖에서 이수진, 새엄마의 목소리가 들렸어. 조심스러운 노크 소리도. 나는 방문을 열었어. 새엄마는 조금 커진 눈으로 나를 보았어. 평소 같으면 아예 대답을 안 하거나 오히려 문을 걸어 잠갔을 테니까.

"아빠는요?"

"아빠는 주무셔. 근데 소이야."

새엄마가 할 말이 있는 표정으로 나를 바라봤어. 아빠 얘기를 하려는 눈치였지. 하지만 그 얘기는 아빠랑 내가 직접 해야 해. 아빠와 마주 앉아 나를 닮은 눈을 똑바로 보면서 아빠의 상상 기억과는 다르게 말해주고 싶거든. 그동안 고마웠다고. 우리에게 시간이 얼마나 남았는지 몰라도 함께 있는 동안 소중한 추억을 많이 만들자고. 그리고 사랑한다고. 하루에 한 번씩 사랑한다고 말하고 함께 사진을 찍을 거야. 처음에는 부끄러워서 사랑한다는 말이 미처 나오지 않을 수도 있겠지만.

"소이야, 아빠가…."

새엄마가 단단히 결심한 모양이야. 화제를 바꾸려면 무슨 말이라도 해야겠는데… 마침 배에서 꼬르륵 소리가 났어.

"선생님, 저 배고파요."

"어? 그래? 뭐 먹을래?"

새엄마가 주방으로 가서는 냉장고를 열어보며 허둥댔어. 솔직히 말하면 아직 엄마라는 생각은 들지 않아. 하지만 앞으로 함께 살아도 좋겠다는 생각은 들어. 꼭 엄마와 딸일 필요는 없으니까.

"김치볶음밥 어때?"

"좋아요. 계란프라이 두 개 올려주세요."

나를 보며 미소 짓는 새엄마의 눈시울이 빨갰어. 헤헤, 웃어버리려는데 허헝, 하며 울음이 나왔어.

창밖으로 들어온 햇살 줄기 속에서 먼지들이 가만히 춤을 추고 있었어.

작가의 말

저는 어릴 때 〈오즈의 마법사〉를 영화로 먼저 만났습니다. 무려 1939년에 만들어진 뮤지컬 영화입니다. 요즘은 거의 보지 못했지만 예전에는 무심코 TV 채널을 돌리다 보면 도로시와 토토, 허수아비와 양철 나무꾼 등 사랑스러운 도로시 일행을 종종 만날 수 있었어요. 영화를 보지 않은 사람도 도로시 역을 맡은 배우 주디 갈랜드가 부른 〈Over the rainbow(무지개 너머로)〉라는 노래는 들어봤을 거예요. 지금도 제 머릿속에는 아름다운 목소리로 노래 부르던 도로시의 하늘색 원피스와 빨간 구두가 선명히 남아있습니다.

잠깐, 빨간 구두라니 좀 이상합니다. 원작에서는 분명 은색 구두로 나오는데 말이죠. 사연을 찾아보니 스크린에서는 은색이 눈에 띄지 않아 빨간 루비 구두로 바꿨다고 하네요.

저는 마법의 은색 구두를 21세기에 사는 여중생이 좋아할 만한 '은색 운동화'로 바꿔봤습니다. 이 이야기에서 주인공 소이에게 은색 운동화를 건네주는 사람은 서쪽 마녀입니다. 검은 고깔모자를 쓴 초록색 얼굴의 마녀를 보고 소이는 '엘파바'냐고 묻습니다.

엘파바는 뮤지컬 〈위키드〉의 주인공입니다. 그레고리 맥과이어가 쓴 《위키드》는 《오즈의 마법사》가 시작되기 전의 이야기를 다룬 작품이에요. 원작에서는 '서쪽의 나쁜 마녀'라고만 나오는 이름 없는 악당을 주인공 엘파바로 설정하고 차별과 편견에 맞서는 내용을 담고 있습니다.

〈위키드〉는 뮤지컬로도 만들어졌는데요. 어두운 분위기의 소설과 달리 밝고 환상적인 분위기로 엘파바와 착한 마녀 글린다의 우정과 성장을 담고 있습니다. 기회가 된다면 신나는 뮤지컬 〈위키드〉로 엘파바를 만나보길 추천해 드립니다.

저는 여러분이 〈은색 운동화〉에서 언급되는 〈Defying Gravity(중력을 넘어서)〉를 들으면서 이 이야기를 읽어도 좋을 것 같아요.

원작 이야기로 돌아가서 《오즈의 마법사》는 전형적인 모험 이야기입니다. 어느 날 갑자기 불어온 회오리바람을 타고 날아간 도로시는 낯설고 신비한 공간에서 친구들을 만나고 서로 힘을 합쳐 위기를 극복하고 마침내 집으로 돌아오지요. 그리고 도로시는 말합니다. 세상에서 집이 가장 좋다고.

여행을 갔다가 집에 돌아온 순간을 생각해보세요. 신발을 벗고 거실로 들어설 때 저절로 나오는 안도의 한숨, 가슴에 채워지는 편안함, 낡은 베개의 포근한 감촉…. 제아무리 7성급 호텔이라고 해도 줄 수 없는 것들이 집에는 있지요. 하지만 집이 좋은 가장 큰 이유는 사랑하는 사람들이 있기 때문입니다. 가족이란 끊임없이 오해하고, 이해하려 노력하고, 화해하는 일을 반복하는 사람들이라고 생각합니다. 은색 운동화의 주인공 소이가 그랬듯이요.

저는 원작의 주제를 살리면서 소이에게 아주 특별한 모험을 하게 해주고 싶었습니다. 아무도 가보지 못한 곳으로요. 이리저리 생각을 굴리다가 '물리적으로 실재하는 공간이 아닌 추상적인 공간으로 간다면 어떨까?'라는 물음이 머릿속에 떠올랐고 그 결과 소이는 '아빠의 마음속으로' 여행을 하게 됐습니다. 조금은 슬픈 이야기이지만 소이의 모험이 여러분의 마음속에도 자그마한 울림을 남길 수 있다면 좋겠어요.

은색 운동화가 생긴다면 여러분은 어디로 가고 싶은가요?

유리구두를 찾아라

정명섭

원작 《신데렐라》에 대하여

우리가 흔히 알고 있는 《신데렐라》 동화의 기원은 꽤 오래되었습니다. 그리스 여인의 신발을 독수리가 물어다가 이집트의 파라오 앞에 던져놨고, 신발을 주운 파라오가 수소문 끝에 신발 주인을 찾아서 결혼했다는 이야기가 고대 그리스 시대부터 있었습니다.

이후에도 오랫동안 비슷한 이야기들이 여러 문화권에서 전해지다가 1697년 프랑스의 샤를 페로가 쓴 《작은 유리구두》를 통해 본격적으로 소개되었습니다. 내용은 시대와 지역별로 다르지만 큰 줄기는 비슷합니다.

신데렐라가 계모와 새언니들에게 구박받던 와중 왕자가 신붓감을 찾기 위한 무도회를 개최합니다. 계모는 새언니들을 예쁘게 치장해서 데리고 가고 신데렐라에게는 집안일을 시킵니다. 좌절한 신데렐라 앞에 요정이 나타나서 예쁜 옷과 마차 그리고 반짝거리는 유리구두를 주고 무도회장으로 가라고 합니다. 대신 밤 12시가 되면 마법이 사라지기 때문에 그전에 돌아오라고 하죠.

무도회장에 간 신데렐라는 단숨에 왕자의 시선을 사로잡습니다. 그렇게 파티를 즐기던 그녀는 12시가 되기 전에 돌아오라는 요정의 충고를 깜빡 잊어버리고 맙니다. 뒤늦게 그 사실을 깨달은 신데렐라는 서둘러 왕궁을 빠져나오다가 신고 있던 유리구두 한 짝을 잃어버립니다.

허겁지겁 마차를 타고 사라진 신데렐라를 잊지 못한 왕자는 유리구두의 주인을 찾기 위해 왕국을 돌아다닙니다. 그러다가 우연히 신데렐라의 집으로 가게 된 왕자는 유리구두가 신데렐라의 발에 딱 맞는 것을 보고는 바로 청혼합니다.

오랜 시간 많은 지역에서 사랑받아온 신데렐라 이야기는 디즈니에서 영화와 애니메이션으로 만들면서 전 세계적으로 인기를 끌었습니다. 착하게 살면 보답을 받고, 잘못하면 벌을 받는다는 교훈적인 내용 덕분에 신데렐라 이야기는 모든 사람에게 사랑받는 작품이기도 합니다.

현희가 탄 자율 주행 전기 자동차가 학교 정문 옆 주차장에 스르륵 멈췄다. 자율 주행이 종료되었다는 음성이 들리자 현희는 논문을 읽고 있던 롤러블 패드를 접어서 가방에 넣었다. 30대 후반의 짧게 자른 머리에 회색 정장 차림을 한 그녀가 자동으로 열린 운전석으로 내리자 슬기가 활짝 웃으며 기다리고 있었다.

"선배!"

"아이고, 바쁜데 왜 나왔어?"

"아무리 바빠도 선배가 오는데 마중 나와야죠."

슬기는 늘 그렇듯 경쾌하게 말하고는 본관 쪽으로 앞장서 걸었다. 핸드백을 고쳐 맨 현희가 물었다.

"요즘도 아이들이 게임 많이 해?"

"그럼요. 유리구두 찾으려고 다들 얼마나 눈이 빠지는데요."

슬기의 말에 현희는 고개를 절레절레 저으며 웃었다.

"본의 아니게 유명해졌네."

"그거 아세요? 우리 학교 졸업생 중에 유명 인사를 꼽으라고 하면 선배가 항상 세 손가락 안에 든다는 사실을?"

"다 네 덕분이잖아."

"별말씀을요."

슬기와 이야기를 주고받으며 본관 쪽으로 가는데 삼삼오오

몰려다니던 여학생들이 그녀를 알아보고 인사했다. 반갑게 인사를 받아준 현희가 현관으로 들어섰다. 슬기가 따라 들어오며 말했다.

"상담실은 오른쪽입니다."

"걔도 거기에 있어?"

"네."

현희는 고개를 끄덕이는 슬기에게 말했다.

"일단 나 혼자 들어가서 얘기해볼게."

"밖에서 기다릴게요. 끝나고 연락해주세요."

현희는 잠시 심호흡을 한 후 상담실 문을 두드렸다. 하늘색 커튼이 쳐진 상담실에는 표정이 어두운 여학생 한 명이 앉아있었다. 맞은편 빈자리에 앉으며 현희는 그녀를 향해 활짝 웃어 보였다.

"안녕, 후배. 이름이 주연이라고 했지?"

"네."

무뚝뚝한 주연의 반응에 현희가 눈을 치켜떴다.

"고마워. 게임 중독 관련 심리 상담사가 뜨기 어려운 직업인데 말이야."

"선배는 그게 아니라 다른 걸로 유명하잖아요."

"그렇지. 유리구두 때문에 떴지."

장난스러운 표정을 지은 그녀의 대꾸에 주연이 신이 난 표정을 지었다.

"저도 선배처럼 유리구두를 찾고 있어요."

"그래? 효과는 좀 있니?"

"아뇨."

금방 시무룩해진 주연이 덧붙였다.

"아무리 해도 유리구두가 나타나지 않아요."

"찾고 싶은 건 알겠는데 한 번에 스무 시간 넘게 게임을 하면 건강에 안 좋아."

"시간이 그렇게 흐른 줄 몰랐어요."

"그러다 건강을 해치면 좋아하는 게임을 못 할 수도 있잖아."

"유리구두가 필요하단 말이에요."

당장이라도 울 것 같은 주연에게 현희가 말했다.

"그걸 찾아서 뭐 하게?"

"돈 걱정 없이 게임도 즐기고 적당할 때 팔아서 돈을 벌려고요."

"다들 그 생각을 하면서 열심히 게임을 하지. 하지만 유리구두가 나올 확률은 정말 희박해. 사실 그게 많이 나오면 게임 회사가 망하는 거잖아."

현희의 말에 주연이 침울한 표정을 지었다.

"그건 아는데… 어쨌든 유리구두를 손에 넣는 게 가장 쉽게 성공할 수 있는 방법이잖아요."

주연을 가만히 바라보던 현희가 말했다.

"내가 유리구두를 어떻게 손에 넣었는지 궁금하지?"

"네."

"그리고 지금 이 일을 어떻게 하게 되었는지도 궁금할 테고."

주연이 고개를 끄덕거리자 현희는 상담실 문을 바라보며 말했다.

"내가 유리구두를 어떻게 손에 넣었고, 그걸로 인생을 어떻게 바꾸었는지 말해줄게. 대신 앞으로 게임 시간을 절반으로 줄여."

"절반으로요? 한 번에 절반은 무리예요."

주연의 대답에 현희는 다시 문을 바라보며 일어나려고 했다. 그러자 주연이 다급하게 말했다.

"아, 알, 알았어요. 절반, 절반으로 줄일게요."

도로 의자에 앉은 현희가 활짝 웃었다.

"저렇게 생겼었어."

주연이 눈빛을 반짝거리며 물었다.

"뭐가요?"

"유리구두를 봤던 게임을 시작할 때 나온 문 말이야."

암갈색 문을 바라보던 현희는 깊게 한숨을 쉬었다.

'여기까지 오느라 정말 힘들었지.'

30대 중반에 별다른 스펙도 없던 그녀가 대한민국 최고의 배우이자 제작자 그리고 감독으로 명성을 떨치는 김대정의 비서가 되었다는 건 기적에 가까웠다. 그의 팬클럽부터 실력 좋고 스펙 좋은 진짜 비서들까지 수천 명의 지원자를 뚫었으니 말이다. 게다가 이혼에 경력 단절까지 겪은 그녀가 아닌가. 혹시나 싶고 지원했다가 서류가 통과했다는 연락을 받고, 필기시험과 실기 테스트를 거쳤다. 필기시험은 예상대로 망쳤고, 실기 테스트 역시 눈에 띄는 모습을 보여주지 못했다. 오히려 잔 실수가 많은 편이었다.

기회를 놓쳤다는 생각에 집에 돌아와 냉장고에 있던 맥주를 벌컥벌컥 들이켰다. 카드값이 밀려서 은행 계좌를 동결시키겠다는 편지와 제2금융권에서 빌린 돈의 연체 이자를 내지 않으면 재산을 압류하겠다는 통지서가 나란히 꽂혀있었다. 될 대로 되라는 심정으로 둘 다 찢어서 휴지통에 버리고 침대에 벌렁 누웠다. 그런데 놀랍게도 며칠 후 최종 합격을 했으니 다음 주부터 출근하라는 연락을 받았다. 놀란 그녀는 장난 전화가 아닌지 몇 번이고 확인했다.

옷장을 뒤져서 깔끔한 비서 복장을 하고 거울 앞에 서서 돌아봤다. 고등학교 시절 학교 퀸으로 뽑혔던 미모는 사라지고 이혼과 삶에 지친 30대 중반의 여성이 보였다.

"20년도 안 되었는데 이렇게 팍 삭아버리다니."

망할 녀석의 꼬임에 빠져 해버린 결혼을 이혼으로 종지부를 찍자마자 안 좋은 일이 줄줄이 이어졌다. 부모님이 차례대로 병으로 쓰러지면서 집안의 재산은 순식간에 사라져버렸고, 이혼 소송 과정에서 벌어진 온갖 추잡한 일들은 그녀의 멘탈을 박살 냈다. 멘탈을 추스르기 위해 했던 과소비는 그녀의 통장을 텅텅 비어버리게 했다. 어떻게든 재기해보려고 했지만 쉽지 않았다. 그런데 예상 밖의 기회가 찾아온 것이다.

온갖 생각을 하면서 김대정의 사무실을 노려보는데 동글동글한 얼굴의 박 이사가 다가와서는 슬쩍 말을 건넸다.

"준비됐어요?"

"네. 이사님."

"인터뷰할 때 얘기했지만 김 대표는 완벽주의자에 조금의 실수도 용납하지 않는 성격입니다. 그래서 많은 비서가 오래 일하지 못했습니다."

박 이사의 이야기를 들은 현희는 새삼 문으로 들어가는 게 더 두려워졌다. 하지만 시계를 힐끔 본 박 이사는 매정하게 말했다.

"자, 이제 들어갈 시간입니다."

심호흡한 후 현희는 문고리를 돌렸다. 그리고 안으로 들어갔다가 뜻밖의 광경을 보고 그대로 굳어버렸다.

"어머머!"

은막의 슈퍼스타이자 수천억 원대의 기업을 운영하는 김대정이 한쪽 무릎을 꿇고 꽃다발을 든 채 자신을 바라보고 있었기 때문이다. 놀란 현희가 손으로 입을 틀어막고 있는데 김대정이 간절한 목소리로 말했다.

"20년간 오늘만을 기다렸어."

"뭐, 뭐라고요?"

현희가 떨리는 목소리로 대답하자 무릎을 펴고 일어난 김대정이 다가왔다. 스크린을 뚫고 나온 것 같은 모습에 현희는 저도 모르게 한 발자국 뒤로 물러섰다.

"기억나? 네가 나한테 했던 얘기?"

"무, 무슨 얘기요?"

"그 얘기를 듣고 여기까지 올 수 있었어. 성공한 다음 당당하게 청혼하려고 말이야."

"처, 청혼이라고요?"

심장이 튀어나올 거 같은 충격에 현희가 아무 말도 못 하자 김대정이 꽃다발 속에 넣어둔 반지를 꺼냈다.

"오늘을 위해 특별히 프랑스에서 주문한 반지야."

"뭐라고요?"

"이걸 받아줘. 그리고 나랑 결혼해줘."

"세상에!"

대한민국 여성이라면 누구나 한 번쯤은 꿈꿨을 김대정의 청혼이었다. 꿈이 아닌가 싶었지만 기계 때문에 뺨을 꼬집을 수 없었다. 무엇보다 눈앞의 다이아몬드 반지가 영롱하게 빛을 뿜어내고 있어 정신을 차릴 수 없을 지경이었다.

떨리는 손을 내밀자 김대정이 반지를 끼워주려 했다. 그 순간 문이 벌컥 열렸다.

"저는 이 결혼 반대입니다."

놀란 현희는 무심코 돌아보았다가 깜짝 놀라고 말았다.

"데, 데이비드 리?"

한국인 어머니와 미국인 아버지 사이에서 태어난 그는 할리우드에서 차곡차곡 커리어를 쌓았고 몇 년 전부터 큰 인기를 끌었다. 몇 년 전 김대정의 회사에 들어와 지금까지 소속 배우로 활동 중이었다. 그런 데이비드 리가 난입할 거라고는 전혀 예상을 못했다. 그는 화난 표정으로 김대정을 노려봤다.

"어떻게 이럴 수 있습니까? 나랑 정정당당하게 현희 씨의 선택을 기다린다고 했잖아요."

"미안, 더 기다릴 수 없었어. 나와 현희의 결혼을 축복해줘."

"절대 안 되죠. 이제부터 현희 씨의 선택을 놓고 저랑 경쟁합시다."

"이 회사를 너한테 넘기마. 나는 현희 씨만 있으면 돼."

"안 됩니다. 절대 안 돼요."

입을 틀어막은 현희는 김대정과 데이비드 리의 말다툼을 지켜보다가 머리가 어지러워졌다.

'지금 대한민국에서 제일 잘생기고 잘나가는 두 배우가 나를 두고 싸우는 거야?'

김대정과 데이비드 리는 옥신각신 말다툼하다가 급기야 멱살을 잡았다. 놀란 현희는 뜯어말릴 엄두도 내지 못하고 밖으로 나왔다. 아까 자신을 들여보낸 박 이사나 다른 직원에게 도움을 청할 생각이었다. 하지만 박 이사는커녕 다른 직원들까지 몽땅 보이지 않았다.

"이게 어떻게 된 거지?"

멍하게 서 있는데 김대정이 문을 열고 나왔다.

"현희 씨, 나랑 결혼해줘."

뒤따라 나온 데이비드 리도 똑같이 외쳤다.

"아니야, 현희 씨는 나랑 결혼해야 해."

둘의 말다툼을 지켜보던 현희는 더 이상 견디지 못하고 문을 열고 복도로 뛰쳐나왔다. 그런데 들어올 때와는 다른 풍경이지 않은가. 현희는 그대로 굳어버렸다.

"뭐지?"

아까는 그냥 사무실 복도였다. 그런데 지금은 옛날 유럽의 궁전에서나 볼 법한 높은 대리석 계단이 있었다.

"어, 어쩌지?"

뒤를 돌아보자 아예 몸싸움까지 했는지 옷이 엉클어진 김대정과 데이비드 리가 쫓아오는 중이었다. 현희는 일단 피해야겠다는 생각에 서둘러 계단을 내려갔다.

그런데 점점 옷차림이 바뀌었다. 검은색 스커트는 어느 사이엔가 치렁치렁한 하얀색 드레스로 변했고, 아무것도 없던 손에는 하얀 장갑이 끼워져 있었다. 놀란 현희가 걸음을 멈추고 자기 몸을 더듬었다.

"뭐지, 이게?"

현희는 허둥거리다가 발을 헛디뎌 대리석 계단 위로 주르륵 미끄러졌다. 아픔을 느낄 사이도 없이 벌떡 일어난 그녀가 중얼거렸다.

"아니, 내가 왜 도망치는 거지? 둘 중 하나를 고르면 되잖아."

당황해서 중얼거리느라 주변 풍경이 달라져 있는 걸 뒤늦게 눈치챘다. 고층 빌딩과 외제 차가 질주하는 강남이 아니라 만화 영화에서 봤던 돌로 만든 탑과 옛날 집들이 눈에 들어왔다.

"롯데월드인가?"

그러고 있는데 갑자기 호박으로 된 마차가 눈앞에 보였다. 어안이 벙벙해진 그녀는 엉겁결에 마차를 탔다. 마차가 출발하는데 계단을 내려오던 김대정이 뭔가를 들고 있는 게 보였다. 반짝이는 것의 정체를 깨달은 현희는 저도 모르게 소리쳤다.

"유리구두잖아!"

전설의 아이템을 직접 본 현희는 너무 놀라서 자리에서 벌떡 일어났다. 그 바람에 헤드셋과 고글에 연결된 전선들이 일제히 당겨지면서 뽑혀 나갔고, 모션 센서가 그녀의 위치를 놓치고 말았다. 그러면서 가상 현실 프로그램이 종료된다는 메시지가 떴다.

여러 개의 전선으로 연결된 헤드셋과 고글을 벗은 현희가 한숨을 쉬었다. 그러자 옆에 앉아서 구경하던 미라가 혀를 찼다.

"그렇게 막 움직이지 말랬지. 덕분에 게임이 잠겨서 10분 동

안 못하잖아. 이게 얼마나 비싼 건데!"

미라의 짜증도 충분히 이해가 갔다. 아르테미스사에서 만든 가상 현실 게임은 모션 센서와 고글을 착용해야 하는 번거로움이 있긴 하지만 매우 재미나고 현실적이었다. 예전 컴퓨터 게임처럼 손을 빨리 움직이거나 키보드를 복잡하게 조작할 필요가 없었다. 그냥 몸 또는 시선을 살짝 돌리거나 고글과 연결된 마이크에 말만 해도 캐릭터를 움직이고 선택할 수 있었다.

조작이라는 장벽을 넘어서는 동시에 실제만큼이나 리얼한 화면을 보여주면서 가상 현실 게임은 단숨에 큰 인기를 끌었다. 그래서 취업난에 시달리는 젊은 층과 비정규직이라는 현실을 받아들이지 못하는 사람들 그리고 나날이 늘어나는 학력 격차에 좌절하는 현희와 미라 같은 학생들이 즐겼다.

가상 현실을 즐길 수 있는 게임 제품은 가격이 비싸고 고장이 자주 났기 때문에 직접 구매하는 것보다는 게임방 같은 곳에 와서 돈을 내고 즐기는 경우가 많았다. 하지만 그조차도 비싼 편이라 현희나 미라처럼 집안 형편이 넉넉하지 않은 사람들은 큰마음을 먹어야만 했다.

현희와 미라는 축제 중인 학교를 몰래 빠져나왔다. 학교 축제도 성적에 따라 즐길 수 있는 격차가 컸다. 둘은 용돈을 모아 큰맘 먹고 온 것이라 최대한 즐겨야 하는데 피 같은 시간을 날린 것이다. 화가 나서 쏘아붙이는 미라에게 현희가 말했다.

"너무 리얼해서 진짜인 줄 알았어."

"어떤 내용이었는데?"

"김대정이랑 데이비드 리가 동시에 들이댔어."

"너한테?"

현희가 헝클어진 머리카락을 만지면서 대답하자 미라가 한숨을 쉬었다.

"랜덤인데 더럽게 운 좋네."

원래 이 게임은 이름이 따로 있었지만 '신데렐라 게임'이라는 별명처럼 주로 게이머가 여왕이나 영웅이 되는 게임이다. 그 안에서는 유명한 배우들이 앞다퉈서 자신들에게 청혼하거나 수능에서 전국 1등을 해 언론의 스포트라이트를 받았다. 아니면 아이돌 그룹의 멤버로 큰 인기를 누리는 방식으로 게임을 즐길 수 있다. 어떤 형태의 게임을 즐길지 사용자가 선택할 수도 있지만 사람들은 랜덤 형식을 더 좋아했다. 예상 밖의 시나리오가 주는 즐거움 때문이다. 어쨌든 지겹고 고통스러운 현실을 잊을 수 있어서 대단한 인기를 끄는 중이었다. 현희는 계속 잔소리를 하는 미라에게 말했다.

"나, 유리구두 봤어."

그 말 한마디에 미라의 잔소리가 뚝 끊겼다.

"정말? 어디서?"

"랜덤 26번에서."

"진짜 유리구두 맞아? 그게 나올 확률은 하루에 벼락 두 번 맞는 것보다 더 적다고 했잖아."

"아무튼 보긴 봤다고."

엉켜버린 전선들을 정리하던 현희의 대답에 미라가 믿기지 않는다는 표정을 지었다.

"대박! 진짜 대박이잖아. 그걸 손에 넣었어야지."

"너무 경황이 없어서 말이야."

현희의 대답에 미라가 등짝을 때리며 화를 냈다.

"경황이 없다니, 어떻게 그걸 보고도 놓칠 수 있는 거야?"

미라의 짜증에 현희가 한숨을 쉬었다.

"너도 김대정이랑 데이비드 리한테 동시에 청혼받아봐라. 정신 못 차리지."

"줄 서라고 하면 되지. 그리고 왜 고민을 해. 데이비드 리를 선택해야지."

"왜?"

"걔는 미국 시민권자잖아. 결혼해서 아이 태어나면 여기서 공부시킬래?"

미라의 얘기에 현희는 쓴웃음을 지었다. 몇 년 전 코로나19 바이러스가 대한민국을 휩쓸고 지나간 이후 많은 변화가 있었다. 그중 하나가 바로 학력 격차였다. 온라인으로 수업을 진행하는 동안 과외를 받거나 편안하게 공부할 수 있는 아이들과 그렇지 못한 아이들 간에 격차가 벌어진 것이다. 한번 벌어진 격차는 다시 줄어들지 않았고 시간이 지날수록 오히려 더 심해졌다.

집안 형편이 좋지 않았던 현희와 미라는 후자 쪽이었다. 경쟁에서 밀려난 두 아이는 공부 대신 가상 현실 게임을 즐겼다.

게임을 즐기다 보면 여러 가지 아이템이 나오고 그걸 손에 넣으면 다양한 포상이 주어진다. 그중 가장 높은 등급의 아이템이 바로《신데렐라》에 나오는 유리구두였다.

“그걸 손에 넣으면 평생 게임이 공짜잖아.”

미라가 아쉽다는 표정을 지으며 말했다. 하지만 현희는 그다지 와닿지 않았다. 가끔 게임을 즐기기는 하지만 이게 삶에 어떤 의미가 있나 생각해볼 때가 많았기 때문이다. 그런 현희의 모습에 미라가 더 답답해했다.

“아씨~ 왜 너한테 그게 보여 가지고, 나한테 보였으면 냉큼 챙기는 거였는데 말이야.”

그 얘기를 듣고 머리가 더 아파진 현희는 미라에게 미안하다는 말을 남기고 방을 나왔다.

“어디 가?”

“바람 좀 쐬고 올게.”

“그래, 그럼 그동안 나는 게임한다.”

“알았어.”

좁은 복도 양편으로 숫자가 붙어있는 방들이 보였다. 안에는 가상 현실 게임을 즐길 수 있는 아르테미스사의 게임기 세트와 누울 수 있는 의자, 간단한 음료와 과자가 있는 테이블이 설치되어있었다. 비용을 결제하고 이곳에 들어오면 원하는 게임을 하면서 고단한 현실을 잊을 수 있었다. 그래서 국가에서 허용한 유일한 마약이라는 칭호까지 얻었다.

게임을 즐기는 사람이 너무 늘어나자 정부는 단속에 나섰지만 극심한 반발에 부딪히면서 포기하고 말았다. 학교에서도 학생들이 너무 많이 이용한다면서 규제하려 했지만 역시 실패하고 말았다. 어쩌면 학교 입장에서는 가상 현실 게임을 즐기느라 아이들이 말썽을 안 피우는 게 훨씬 더 이득이었을지 모른다.

이런저런 생각을 하면서 로비로 나온 현희는 자판기에서 음료수를 하나 뽑고 유리문 밖으로 나왔다. 잠깐 바람을 쐬러 나왔지만 그냥 집으로 가고 싶었다.

2층에서 내려다본 홍대 거리는 온통 가상 현실 게임방 간판들뿐이었다. 동물 탈을 뒤집어쓴 호객꾼이 재주를 부리면서 눈길을 끌었다. 그리고 모여든 사람들에게 재빨리 전단지를 나눠주었다. 이제 가상 현실 게임방도 많이 늘어나서 경쟁이 치열해진 것이다.

“어디까지가 가상이고, 어디가 현실인지 모르겠네.”

대부분의 사람은 가상 현실 게임이 진짜 현실이었으면 하고 바랐다. 실제로 그런 세상으로 가기 위해 48시간 넘게 게임을 하다가 숨지거나 입원한 사례도 많았다. 종종 해외 토픽과 국내 뉴스에도 소개되었는데 그때마다 미라는 가상 현실 게임을 실컷 했다는 것만 보고 그들을 엄청 부러워했다.

흡연 공간을 찾아 2층 발코니로 나간 현희는 주머니에서 전자 담배를 꺼내 물었다. 팔짱을 끼고 계단을 올라가던 남녀가 힐끔거렸지만 개의치 않았다. 담배라도 없었으면 지옥 같은 학교생활을 못 버틸 것 같았기 때문이다. 물론 게임이 더 재미있었지만 돈이 많이 들었다. 이런저런 생각을 한 탓인지 머리가 더 아파졌다.

"내년에 고3인데."

공부를 좀 한다는 아이들은 생활기록부를 신경 쓰면서 스펙 쌓기에 열을 올리고 있다. 하지만 현희는 아무것도 할 수 없었다. 그래서 가상 현실 게임에 더 빠져드는 것인지도 몰랐다. 하지만 앞으로 어떻게 살아가야 할지 계속 고민이 되었다.

"젠장, 머리 아프네."

결국 현희는 다시 방으로 돌아와 미라가 게임을 하는 걸 지켜보기로 했다. 방으로 들어가자 헤드셋과 고글을 쓴 미라가 의자에 누워서 가상 현실 게임을 하는 게 보였다. 끝나고 같이 갈 생각에 옆에 앉는데 갑자기 미라가 고글을 벗고 소리를 쳤다.

"우와! 대박!"

"뭔데?"

깜짝 놀란 현희의 물음에 미라가 대답 대신 손짓을 했다. 다가가서 고글을 쓰자 영상 대신 문구 하나가 떴다.

아르테미스사에서 여러분에게 제공하는 특별 이벤트
'유리구두를 신어라'를 실시합니다.
오늘 신데렐라 게임에서 유리구두를 본 회원들에게
개인 메시지가 갈 것입니다. 메시지 내용을 잘 읽어보시고
시행해주시기 바랍니다. 마감은 오늘 밤 12시까지입니다.
메시지를 확인하셨으면 YES 글씨 아래 번호를 읽어주십시오.

정신을 차린 현희는 더듬거리며 숫자를 읽었다.
"4687771"

확인되었습니다. 감사합니다.

화면이 딱 꺼졌다.
한숨을 쉰 현희가 고글을 벗었다. 잠시 후 주머니에 넣어둔 폴더블 폰에서 벨 소리가 들렸다. 현희가 폴더블 폰을 펴자 회원으로 가입한 아르테미스사에서 온 메시지 표시가 껌뻑거렸다.
"무슨 메시지야?"
미라가 끼어드는 바람에 현희는 메시지를 같이 봐야만 했다.

아르테미스사의 로고인 눈동자가 잠깐 나타났다가 사라지면서 메시지가 떴다.

오늘 오후 6시까지 당신이 다니는 학교의 왕자에게
유리구두를 받으면 아르테미스사의 모든 가상 현실 게임을
평생 무료로 즐길 수 있는 코드를 드립니다.
아울러 신작이 나올 때마다 테스트에 참여할 수 있는 권한도
드리겠습니다. 단, 6시 정각까지 유리구두를 받지 못하면
모든 권한은 무효입니다.

내용을 잘 이해하지 못한 현희가 중얼거렸다.

"이게 무슨 소리야?"

"옆에서 보고 있던 미라가 환호성을 질렀다.

"우와! 왕자? 왕자면 남자 게이머네. 왕자 등급을 얘기하는 거야. 우리 학교 남학생이라는 말이잖아?"

"걔가 유리구두를 가지고 있다고?"

"아이템으로 받았겠지. 그걸 달라고 하면 얻을 수 있는 거지. 대박!"

아르테미스사는 종종 자사의 게임을 이용하는 사용자들을 위해 아이템을 주는 이벤트를 했다. 하루에서부터 몇 달까지 일정 기간 무제한으로 이용할 수 있는 정기권 아이템도 있고, 한 시간

결제하면 두 시간을 즐길 수 있는 1+2 아이템도 있었다. 그중에서 가장 큰 건 평생 이용권 아이템이었는데 정말 희귀한 아이템이었기 때문에 본 사람이 거의 없었다. 그런데 뜻하지 않게 현희가 보게 된 것이다.

거래할 수도 있는데 아이템이 내장된 아르테미스사의 앱을 켠 휴대폰을 상대방 휴대폰 위에 올려놓으면 된다. 그러면 아이템이 상대방 휴대폰으로 넘어가는데 사용 기간이라든지 이용 시간 증가 같은 방식에 따라 가격이 천차만별이었다. 평생 이용권 같은 경우에는 억대를 넘길 수도 있었다. 이런저런 생각을 하던 현희는 흥분해서 소리를 지르는 미라를 봤다. 방방 뛰며 흥분한 미라에게 현희가 물었다.

"네가 왜 좋아하는데?"

"야! 내가 먼저 받으면 그건 내 거지."

"유리구두를 본 건 나거든?"

"받은 건 아니잖아. 그리고 나도 같이 봤어."

"거짓말하지 마."

짜증이 난 현희가 얼굴을 찌푸리자 미라가 바짝 얼굴을 들이댔다.

"왜? 내가 유리구두 받는 게 싫어?"

"싫은 게 아니라 왜 내 걸 가로채려고 그래?"

"그게 왜 네 건데? 아직 받지도 못했잖아."

성난 표정의 미라가 울부짖듯이 말하자 현희는 당황했다.

"아니, 왜 화를 내는데?"

"네가 잘되는 게 싫어서 그런다 왜? 너도 내가 잘되는 거 싫잖아!"

현희는 너무 붙어 다녀서 자매라는 말까지 들었던 미라가 유리구두에 눈독을 들이는 광기 어린 모습에 놀랐다. 일단 물러나야겠다는 생각에 표정을 누그러뜨렸다.

"그게 아니라…."

"아니긴, 뭐가 아니야? 눈에 다 보이는걸."

계속 얘기하다가는 싸움이 날 것 같아서 현희는 한발 더 물러났다.

"어… 어쨌든 알겠어."

"너, 유리구두 찾으면 뭐 할 건데?"

"팔까 생각 중이야. 그걸 팔면 집안에 보탬도 되고, 학원도 다닐 수 있지 않겠어?"

"미쳤어? 그걸 왜 팔아!"

미라가 계속 화를 내자 현희는 더 견디지 못했다.

"나는 일단 집에 갈게. 오늘 재미있었어."

돌아선 현희는 가방을 챙기고 문을 향해 걸어갔다. 그런데 갑자기 균형이 확 무너지면서 세상이 꺼져버렸다.

“어이구, 괜찮아? 학생.”

강렬한 빛을 뚫고 귓가에 파고드는 목소리에 현희는 잠시 상황 파악이 안 되어서 어리둥절했다. 잠시 후에야 강렬한 빛은 천정의 LED 등에서 나오는 것이고, 목소리의 주인공이 게임방의 주인아저씨라는 걸 깨달았다. 놀란 현희가 주변을 두리번거렸다. 미라는 보이지 않았다.

“제가 뭐 하고 있었어요?”

현희의 물음에 주인아저씨가 혀를 차며 말했다.

“게임기에서 주의 메시지가 떠서 와봤더니 이러고 있잖아. 게임기 너무 오래 사용하면 위험하다고 그렇게 주의를 줘도… 하여튼, 요즘 학생들은 말이야… 쯧쯧.”

주인아저씨가 잔소리를 늘어놓으려는 찰나 현희가 다급히 물었다.

“미라는요?”

“누구?”

“제 친구요. 여기 같이 들어왔잖아요.”

“아, 그 긴 머리 여학생? 아까 갔지.”

“언제요?”

“세 시쯤?”

주인아저씨의 대답에 현희는 소파에 놓인 폴더블 폰을 집어서 시간을 확인했다.

"네 시네? 저희 세 시 반까지 예약했잖아요."

"걔가 나가면서 종일권 끊었어."

"뭐라고요?"

주인아저씨의 이야기를 들은 현희는 화가 머리끝까지 났다. 자신을 쓰러뜨리고 게임기를 씌워서 현실로 돌아오지 못하게 하고 학교로 간 게 분명했다. 가끔 신경전을 벌이기는 하지만 좋은 친구라고 생각했는데 이런 식으로 배신할 줄은 꿈에도 몰랐다.

현희는 유리구두 아이템을 찾으면 그걸 팔아서 공부하기로 결심했다. 그러기 위해서는 일단 미라보다 먼저 왕자를 찾아야 했다.

"유리구두가 그렇게 좋단 말이지."

정신을 차린 현희는 얼른 게임방을 빠져나왔다.

거리는 사람들로 북적거렸다. 그들을 헤치고 버스 정류장에 도착한 그녀는 때마침 도착한 마을버스를 탔다. 끝에 있는 빈자리에 앉은 현희는 초조함에 손톱을 물어뜯었다.

"누가 왕자일까?"

왕자 등급을 가진 남학생이 누구일지 생각해봤다. 왕자 등급은 게임을 오래 한다고 받을 수 있는 게 아니었다. 이타적으로 플레이를 하고 타인과의 관계성을 중시해야 받을 수 있는 등급이기 때문에 굉장히 드물었다. 그래서 '왕자'라고 쓰고 '호구'라고 불린다는 농담까지 오갈 정도였다. 따라서 학교 남학생 중에서도 왕자는 정말 극소수이거나 딱 한 명일 수 있다. 그 아이에게 유리구두를 받아야만 운명이 바뀌는 것이었다.

얼마 지나지 않아 마을버스가 학교 앞 사거리에 도착했다. 학교로 가는 골목에는 편의점과 문방구가 줄지어 있었다. 학교 축제라서 그런지 고깔모자부터 다양한 물건들이 쭈욱 진열되어있었다.

마음이 급한 현희는 골목길을 뛰다시피 걸으면서 학교에 도착했다. 교문 위 아치형 지붕에는 꽃과 레이스들이 알록달록하게 붙은 현수막이 펄럭거렸고 바람 때문인지 벌써 군데군데 찢어져 있었다.

운동장에는 학급별, 동아리별로 만든 임시 천막들이 세워져 있었다. 천막들은 제각각 생뚱맞은 장신구를 뽐내듯 6월인데 크리스마스 장신구를 달아놓은 데도 있고 핼러윈 장식을 해놓은 천막들도 보였다. 그 주변에는 아이들이 북적거렸다.

운동장 구석에는 발야구와 농구 경기가 열렸고, 그 옆에는 남녀 학생들이 어울려 피구 경기를 하고 있었다. 가상 현실과는 다른 현실의 모습이었다. 현희는 여러 가지 방식으로 축제를 즐기는 아이들을 보면서 중얼거렸다.

'왕자는 누굴까?'

한 명씩 이름을 떠올리며 꼽아보았다.

“최진섭, 김정후, 조준영, 이나경, 이광혁, 박진철….”

하지만 곧 고개를 저었다. 착해 보이는 건 맞지만 과연 가상현실 게임에서도 타인에게 잘해줄지 확신이 없었기 때문이다. 유리구두를 보는 것만큼은 아니지만 게임에서 왕자 등급을 얻는 건 쉽지 않은 일이었다. 한 명씩 꼽아보고 있는데 중앙 현관 쪽에서 누군가와 통화하는 미라의 모습이 보였다. 현희는 미라를 보자마자 몸을 돌렸다.

‘아직 마주치면 안 되지.’

미라는 아직 현희가 게임방에 있는 줄 알고 있을 것이다. 그러니까 방심한 틈을 타 먼저 왕자를 찾아야만 한다. 왕자 등급을 받을 만한 남학생이 누굴까 생각해보던 그녀는 걸음을 멈추고 중얼거렸다.

‘나용제?’

아주 친한 편은 아니지만 자원봉사 동아리 활동을 하는 친구였다. 몇 달 전에는 학교 근처에서 폐지를 가득 실은 리어카를 끄는 할머니를 도와줘서 칭찬받은 적이 있었다. 그때의 모습을 떠올린 현희가 중얼거렸다.

‘그래, 용제가 게임을 하면 분명 왕자 등급일 거야.’

현희는 조심스럽게 운동장을 돌면서 자원봉사 동아리 천막을 찾았다. 동아리 성격답게 별다른 장식을 하지 않아서 찾기가 더 어려웠다. 후문 쪽 코너에 세워져 있는 자원봉사 동아리 천막을

겨우 찾은 현희는 그곳으로 다가갔다. 천막 안쪽도 별다른 장식 없이 접이식 탁자에 동아리를 소개하는 내용이 담긴 팸플릿만 놓여있었다. 천막 안을 둘러봐도 용제는 보이지 않았다. 현희는 안면이 있는 동아리 회원에게 물었다.

"용제는?"

"용제? 후문에 갔어."

"거긴 왜?"

"후문이 고장 나서 손봐야 한다나 봐. 정말 봉사 정신 하나는 투철하다니까."

현희는 곧장 후문으로 향했다. 후문은 정문보다 더 좁은 골목과 닿아있어서 평소에는 항상 닫아놓았다.

후문에 도착하자 선생님과 함께 문에 쇠사슬을 채우고 있는 용제의 모습이 보였다. 낑낑거리는 용제의 뒷모습을 보던 현희가 다가가 쇠사슬을 잡았다. 놀란 용제와 선생님이 돌아보더니 현희인 것을 알고 힘을 줘서 쇠사슬을 당겼다. 셋은 자물쇠까지 채우고 나서 한숨을 돌렸다.

주머니에 손을 찔러 넣은 현희가 물었다.

"뭐한 거야?"

"후문 걸쇠가 녹슬어서 떨어져 나갔어. 열어두면 이상한 사람들이 드나들 수 있어서 말이야."

환하게 웃으며 대답하는 용제의 모습을 보고 현희가 확신한

듯 단도직입적으로 물었다.

"유리구두 받았니?"

하지만 용제는 어리둥절한 표정을 지었다.

"무슨 구두?"

"유리구두. 아르테미스사의 게임 아이템 말이야."

"아! 난 진짜 유리구두인 줄 알았네."

뒤통수를 긁적거리는 용제에게 현희가 다시 물었다.

"안 받았어?"

"응. 그게 나한테 왜 와?"

"왕자 등급 아니었어?"

"왕자?"

눈을 동그랗게 뜨고 반문한 용제가 덧붙였다.

"난 잔혹한 사냥꾼 등급이야."

"뭐라고?"

잔혹한 사냥꾼은 글자 그대로 뭐든지 썰고 다니는 게이머를 뜻했다. 종종 NPC*와 대화하거나 같이 미션을 수행하기도 하지만 가상 현실 게임에서는 싸우는 경우가 많다. 심지어 잔혹한 사냥꾼은 아이템을 거래하는 것도 없이 그냥 해치우는 타입이었다. 놀란 현희가 용제에게 다시 물었다.

---

* Non-Player Character의 약자로, 게임 안에서 플레이어가 직접 조종할 수 없는 캐릭터. 플레이어에게 퀘스트와 같은 다양한 콘텐츠를 제공하는 도우미 캐릭터이다.

"진짜야?"

"그럼. 현실에서 얻은 스트레스를 게임에서 푸는 거지."

가장 먼저 한 예측이 틀리자 현희는 낙담한 채 돌아섰다. 돌아서는 그녀에게 용제가 물었다.

"무슨 일 있어? 아까 미라도 와서 무슨 등급이냐고 묻던데…."

"아, 아무것도 아니야."

한발 늦었다는 생각에 현희는 아랫입술을 깨물었다. 터덜터덜 걸어가는데 해가 저무는 게 보였다. 폴더블 폰을 꺼내 시계를 보자 5시가 살짝 넘었다.

'시간이 얼마 안 남았네.'

6시까지 유리구두를 건네받지 못하면 끝이다. 다른 후보를 생각해보고 있는데 뒤에서 고함소리가 들렸다. 고개를 돌리자 공이 눈앞으로 순식간에 날아오고 있었다.

"꺄악!"

현희가 소리를 지른 찰라, 몸을 날린 누군가가 날아오는 공을 맞았다. 피구를 하다가 뒤에서 날아온 공을 대신 맞은 것이다. 바닥에 넘어진 현희는 머리에 공을 맞고 고통스러워하는 남학생이 누군지 곧 알아봤다.

"진섭아!"

아까 학교에 도착하면서 생각했던 왕자 후보 중 한 명이었다. 운동을 좋아하고 호탕한 성격에다가 여학생을 괴롭히는 다른 남학생들을 제지해주기도 하는 아이였다. 바닥에 뒹굴고 있던 진섭과 현희 곁으로 아이들이 우르르 몰려왔다. 호루라기를 목에 건 선생님이 아이들에게 말했다.

"둘다 부축해서 양호실에 데려가."

몇몇 아이들이 현희와 진섭을 양호실로 데려갔다. 현희는 진섭에게 말을 걸고 싶었지만 아이들이 너무 많아 입을 다물었다.

양호실에 들어서자 가운을 입은 양호 선생님이 컴퓨터를 보고 있다가 일어났다. 아이들에게 얘기를 들은 선생님이 말했다.

"진섭이는 침대에 눕히고, 현희는 여기 의자에 앉아봐."

선생님이 시키는 대로 아이들은 진섭을 침대에 눕히고, 현희를 선생님이 가르킨 의자에 앉았다. 아이들은 마저 피구를 하기 위해 서둘러 양호실을 나갔다.

"선생님, 잠깐만요."

현희는 진찰하려는 양호 선생님에게 양해를 구하고 진섭에게 다가갔다.

"진섭아, 괜찮아?"

"응, 좀 어지러운데 누워있으면 괜찮아질 거야."

이마를 짚은 진섭의 말에 현희의 마음이 조금 가벼워졌다.

"다행이네. 너, 혹시 신데렐라 게임하니?"

"응? 그거? 하지."

"등급이 뭐야?"

"알아서 뭐 하게?"

진섭이 발을 빼는 모습을 보이자 현희의 눈빛이 반짝였다. 날아오는 공을 대신 맞을 만큼 착한 데다 입이 무거운 편이었다. 어느 정도 확신한 현희가 물었다.

"아이템 거래 때문에 그래. 오늘 게임방 갔다 왔는데 왕자 등급을 찾으면 뭘 줄 수 있거든."

"진짜?"

이번에는 진섭의 눈이 반짝거렸다. 현희는 거짓말한 게 살짝 마음에 걸렸지만 시간이 없었다. 잠시 주저하던 진섭이 대답했다.

"달의 요정이야."

"뭐라고?"

예상 밖의 대답에 놀란 현희의 목소리가 조금 컸나 보다. 진섭이가 양호 선생님을 힐끔 바라봤다.

"조용히 좀 해."

그럴 만도 했다. 달의 요정은 주로 여자들이 많이 받는 등급으로 싸움이나 모험보다는 흑마술에 빠져드는 게이머들의 칭호였다. 원래는 마녀였는데 어감이 좋지 않다고 바뀐 것이다.

양호 선생님의 눈치를 보며 진섭이 속삭였다.

"원래는 나무꾼이었는데 아이템 강화하다가 그걸로 바꿨어. 은근히 재미있더라고, 아이템도 잘 터지고."

"진짜?"

"그래, 너도 그 게임하니? 한번 바꿔봐."

"아냐, 괜찮아."

현희의 대답에도 아랑곳 않고 진섭이 재차 권했다.

"그러지 말고, 내가 강화되는 아이템 몇 개 줄게. 어때?"

그 뒤로도 진섭은 한참 동안 게임에 대해 얘기했지만 현희의 귀에는 들어오지 않았다. 실망한 현희는 진짜 왕자를 찾기 위해 진찰도 받지 않고 양호실 밖으로 나왔다.

운동장이 보이는 현관에 도착한 현희는 아이들을 보면서 한숨을 쉬었다.

'후보들을 다 만나기에는 시간이 없는데….'

여기에 미라가 왕자를 먼저 만나서 유리구두를 받을지도 모른다는 데 생각이 미치자 초조해지기까지 했다. 현관 벽에 붙은 전자시계를 본 현희가 중얼거렸다.

'30분도 안 남았네.'

일단 남학생들을 최대한 많이 만나는 수밖에 없다. 현희는 운동장을 가로질러 갔다. 그리고 점찍어놓은 후보들을 한 명씩 만났다. 하지만 다들 왕자 등급이 아니었거나 아예 게임을 하지 않았다. 후보들을 만나다가 교문 근처 담장까지 간 현희는 반쯤 포기한 심정이었다.

'대체 누구인 거야?'

6시가 되면 축제가 끝난다. 10분도 채 남지 않은 상황에서 왕자를 만난다는 건 바닷가에서 바늘 찾기나 다름 없다. 저 멀리 천막 사이로 미라가 보였다. 미라 역시 왕자를 찾지 못한 모양이다. 지친 현희는 무거운 다리를 끌고 벤치에 앉았다.

'역시 무리였나 봐.'

현희는 뛰어다니는 아이들을 보면서 생각에 잠겼다. 유리구두를 찾으면 과연 이 현실을 잊고 살아갈 수 있을까? 아니면 더 게임 속으로 빠져들게 될까? 생각에 한참 잠겨있는데 옆에서 목소리가 들렸다.

"누구 찾으세요? 선배."

슬기였다. 올해 입학한 슬기는 피부가 검다. 아버지가 흑인이기 때문이다. 동남아시아인을 비롯한 외국인이나 혼혈 학생들이 종종 입학했지만 흑인 여학생은 처음이었다. 내성적인 성격에 쏟아진 관심을 부담스러워한 슬기는 아이들과 잘 어울리지 못했다. 현희는 그런 슬기에게 종종 말을 건네곤 했다. 자신의 처지와 비슷해 보였기 때문이다.

왕자를 찾을 시간이 얼마 남지 않았지만 현희는 말을 건 슬기를 외면하지 않았다.

"어, 누굴 좀 찾고 있어. 축제는 재미있게 즐겼니?"

현희의 물음에 슬기는 얼굴을 한껏 찌푸렸다.

"아뇨. 낄 데도 없고 오라는 친구도 없네요."

"저런."

좀 챙겨줄 걸 하는 생각에 현희는 슬기 쪽으로 몸을 돌렸다.

"그래도 이럴 때 친구들과 친해져야지. 나랑 같이 돌아볼래?"

"괜찮아요. 선배. 이제 다 끝났는걸요."

말은 그렇게 해도 슬기의 눈은 축제가 끝나가는 운동장으로 향해 있다. 그 많은 아이 사이에 섞이지 못한 슬기가 안쓰러웠다.

"다음 주말에 나랑 게임하러 갈래?"

"진짜요?"

"응."

"와! 나랑 놀러 가자고 한 사람은 선배가 처음이에요."

슬기가 좋아하면서 팔짝 뛰자 현희는 웃으며 고개를 끄덕거렸다. 그때 스피커를 통해 요란한 댄스 음악이 흘러나왔다. 놀란 슬기가 벌떡 일어났다.

"이거 뭐예요? 선배."

"축제가 끝나간다는 거야. 우리 학교는 축제가 끝날 때 음악을 틀거든. 그러면 아이들은…."

현희는 말을 끝맺지 못했다. 운동장에 모인 아이들이 괴상한 춤을 제멋대로 추는 걸 슬기가 보고 크게 웃었기 때문이다. 현희도 벤치에서 일어나 개다리춤을 췄다. 그러자 슬기가 더 크게 웃었다. 그러면서 말을 건넸다.

"아까는 선배 표정이 어두웠는데 지금은 밝아 보여요. 무슨 일 있었어요?"

잠깐 생각하던 현희가 대답했다.

"응, 큰 욕심을 부렸는데 방금 포기했어. 그러니까 마음이 편해지네."

대답을 들은 슬기가 춤을 추기 시작했다. 그걸 본 현희도 마음을 비운 채 신나게 몸을 흔들었다. 아마 음악이 끝나면 6시가 넘을 것이다. 하지만 더 이상 왕자를 찾지 않기로 했다. 마음을 비우고 열심히 춤을 추는데 슬기가 말했다.

"선배, 전화 온 거 같아요."

"어, 나한테?"

현희는 폴더블 폰을 확인했지만 전화는 오지 않았다. 화면을 이리저리 살펴보던 현희가 중얼거렸다.

"안 왔는데?"

그때 슬기가 휴대폰을 들고 있는 현희의 손목을 움켜잡았다. 그러고는 자신의 휴대폰을 현희의 휴대폰 위에 갖다 댔다. 그러자 띠링~ 하는 소리와 함께 화면에 유리구두가 보였다.

"어, 이거 뭐야?"

"선물이에요. 선배."

환하게 웃는 슬기를 본 현희가 어리둥절하게 바라보았다.

"세상에, 네가 왕자였어? 고마워, 나의 왕자님."

깜짝 놀란 현희를 바라보며 슬기가 빙그레 웃었다. 그때 미라가 숨을 헐떡거리며 다가왔다. 숨을 고르며 두 사람을 번갈아 보던 미라가 슬기에게 확 짜증을 냈다.

"아이씨, 어떻게 네가 왕자가 될 수 있어?"

"네?"

"여자잖아!"

"왜요? 여자는 왕자가 되면 안 돼요?"

슬기를 무시한 채 미라가 현희에게 다가갔다.

"유리구두 나한테 줘."

"왜?"

"내 거니까."

현희는 고개를 저었다.

"나한테도 필요해."

"넌 어차피 게임도 잘 안 하잖아. 나한테 주면 평생 네가 시키는 대로 다 할게."

미라의 말에 현희가 중얼거렸다.

"신데렐라 계모 같네."

"뭐라고?"

화를 내는 미라에게 현희가 차분하게 말했다.

"난 이걸로 공부할 거야. 그래서 너처럼 게임 중독에 빠져서 현실과 게임을 구분 못 하는 아이들을 도와줄 거야."

"말도 안 되는 소리 하지 말라고!"

발작한 사람처럼 소리를 지르는 미라를 안쓰러운 눈으로 바라보던 현희가 슬기에게 말했다.

"가자. 가서 천막 치우는 거 도와주자."

"네. 선배!"

이야기를 마친 현희가 가볍게 헛기침을 했다. 현희의 이야기를 들은 주연은 눈을 동그랗게 뜬 채 말했다.

"정말 대단해요."

"뭐가?"

"유리구두를 받고도 게임에 빠지지 않고 자기 길을 걸으셨잖아요."

"맞아. 그걸 팔아서 대학에 진학했고, 거기서 심리학을 전공했지. 지금은 이렇게 게임 중독에 빠진 아이들을 만나고 있고…."

"사연은 알고 있는데 직접 들으니 더 대단하게 느껴져요."

현희는 팔짱을 낀 채 주연을 바라봤다.

"진짜 신데렐라와는 다르지?"

"비슷한 점도 있긴 해요."

"어떤 게?"

"음… 신데렐라도 무도회장에 가려고 열심히 노력했잖아요. 선배가 유리구두를 찾으려고 했던 것처럼요."

주연의 대답을 들은 현희가 가볍게 웃었다.

"하하, 그런 셈인가? 어쨌든 나에게는 해피엔딩이었어. 유리구두 덕분에 꿈을 이룰 수 있었으니까."

"그때 유리구두를 준 게 슬기 선생님이었어요?"

"응. 슬기는 그 후에 선생님이 되겠다고 했고 결국 모교에 부임했어. 둘 다 최선을 다한 거지. 게임보다는 현실에 더 충실했거든."

"저도 그럴 수 있을까요?"

자신 없어 하는 주연의 목소리에 현희가 따뜻하게 웃었다.

"그럼, 나랑 슬기도 했는데 너라고 못할 건 없지."

"하지만 전 유리구두가 없잖아요."

주연의 말에 현희는 가방에서 목걸이 하나를 꺼냈다. 작은 유리구두 펜던트가 달린 목걸이였다.

"선물이야. 원하는 곳으로 가게 해주는 진짜 유리구두지. 네가 원하는 공부를 돈 걱정 없이 할 수 있게 후원해줄 거야."

"우와! 감사합니다."

"그래. 약속 꼭 지켜."

목걸이를 챙기며 눈물을 글썽거리는 주연을 따스하게 바라보다가 현희는 자리에서 일어났다. 그때까지 복도에서 기다리고 있었는지 슬기가 다가왔다.

"뭐래요?"

"게임하는 시간을 줄이겠대. 절반으로."

"정말 대단해요. 선배."

"유리구두 덕분이지. 그곳 벤치는 그대로야?"

"제가 선배한테 유리구두 준 곳 말이죠. 페인트칠만 새로 했어요."

"오랜만에 거기나 가볼까?"

현희의 말에 슬기가 웃으며 고개를 끄덕거렸다.

"좋아요, 선배."

작가의 말

학교에 가서 아이들에게 나중에 하고 싶은 직업이 무엇인지 물어보면 의미심장한 대답이 나옵니다. 1위가 건물주, 2위가 공무원, 3위가 유튜버이기 때문이죠. 제가 어릴 때와는 사뭇 다른 대답이에요.

사실 2위와 3위의 차이가 근소한 편인데 아이들이 유튜버가 되고자 하는 이유는 간단합니다. 건물주가 될 가능성이 높기 때문이죠.

시간이 지날수록 빈부 격차가 심해지고 있습니다. '개천에서 용 난다'는 말은 정말 교과서 속 속담으로만 존재하는 듯합니다. 그런 사회를 지켜보는 아이들은 어떤 생각을 할까요?

간혹 너무 현실적인 장래 희망을 말하는 아이들을 혼내는 어른도 있습니다. 어린아이면 어린아이답게 대통령이나 과학자 같은 꿈을 가져야 하지 않느냐면서 말이죠.

저는 '학교는 사회를 비추는 거울'이라고 생각합니다. 사회 속 각종 문제점이나 불합리한 점들이 고스란히 학교로 옮겨갔습니다. 돈에 따라 사람을 차별하는 어른들을 보면서 임대 아파트에 사는 친구들을 거지 취급하고, 시험지를 훔쳐서라도 좋은 성적을 받으려고 합니다.

이런 사건들이 터질 때마다 어른들은 요즘 아이들이 문제라면서 혀를 찹니다. 하지만 아이들이 그런 차별과 도덕성 부재를 어디서 배웠을지를 생각해본다면 과연 아이들 탓만 할 수 있을까요?

어쩌면 아이들이 사회에 나오기도 전에 미리 좌절을 경험하는 것일지도 모르겠습니다. 그래서 수단과 방법을 가리지 않고 돈을 버는 것이 중요하다고 생각하는 것이지요.

가상 현실 게임을 실제로 해본 적이 있습니다. 아직은 부족한 듯 보이지만 빠른 시간 내 실제 같은 화면을 보여줄 것 같더군요. 게임 화면을 보면서 어쩌면 사람들이 가상 현실 게임을 통해 자신의 결핍된 현실을 채우려고 하는 게 아닌가라는 생각이 들었습니다. 거기에 빠져서 지내다 보면 현실은 관심 밖의 일이 되어버릴 게 뻔합니다. 심지어 가상 현실이 진짜 현실이라고 생각하는 경우도 있을 겁니다.

학교는 차츰 황무지로 변해가고 뛰어놀아야 할 아이들은 거칠고 황량한 황무지에서 살아남기 위해 고군분투합니다. 그런 아이들에게 유리구두가 주어진다면 어떤 일이 벌어질까요?

수천 년 전부터 세계 각국에서 다양한 버전의 신데렐라 이야기가 존재했습니다. 신발의 종류나 계모의 포악성 그리고 결말이 제각각이기는 하지만 변하지 않는 사실이 하나 있습니다. 바로 신데렐라가 유리구두의 주인이고 왕자와 만나 행복해진다는 것입니다. 단번에 왕세자빈이 된 신데렐라는 별문제 없이 왕자가 왕위를 계승한다면 왕비가 될 것입니다. 계모와 새언니들의 괴롭힘을 묵묵히 견디고 부당한 대우를 꾹 참은 대가로 말이죠.

주인공이 지나치게 남성에게 의존하고 수동적으로 행동하기 때문에 신데렐라 이야기는 요즘 현실과 맞지 않다고 말하는 사람도 있습니다. 그런데 저는 다른 시각으로 신데렐라의 행동을 바라봅니다. 신데렐라는 그 시대 기준으로 여성이 할 수 있는 최대한의 능동적인 모습을 보였다고 생각합니다. 계모의 눈을 피해 몰래 파티에 참석한 것만으로도 당시로서는 엄청난 도전이었으니까요.

고전은 과거와 현재를 이어주는 가교입니다. 과거를 통해 현재의 모습을 생각하며 바라볼 수 있도록 돕고 있지요. 그리고 그 과거를 발판 삼아 더 나은 미래를 꿈꾸게 해줍니다.

《신데렐라》를 재해석한 이 이야기에서 더 나은 미래로 나아갈 수 있는 열쇠인 '유리구두'를 통해 많은 생각을 할 수 있기를 바랍니다.

왈츠에 맞춰
새빨간 춤을

김효찬

원작 《빨간 구두》에 대하여

신발이 없어 맨발로 다닐 만큼 가난한 카렌은 어느 날 제화점 주인에게서 빨간 구두 한 켤레를 얻었습니다. 구두를 얻어 기쁜 마음도 잠시, 같이 살던 어머니가 갑작스레 세상을 떠나고 카렌은 장례를 치러야 했습니다.

장례를 치르려면 검은 옷과 검은 구두가 필요했는데 카렌이 가진 구두는 빨간 구두뿐이었습니다. 장례식장에 맨발로 가거나 빨간 구두를 신고 갈 수밖에 없는 처지였던 그녀는 결국 빨간 구두를 신고 엄마의 장례를 치르기로 합니다.

마침 장례식장 근처를 지나가다가 빨간 구두를 신고 장례를 치르는 카렌의 모습에 호기심을 느낀 마을의 부유한 할머니가 그녀에게 사연을 물었습니다. 이야기를 들은 할머니는 카렌의 처지를 불쌍히 여겨 그녀를 양녀로 맞이하고 부정한 빨간 구두를 불태워버립니다. 그리고 카렌에게 교회나 장례식장에 갈 때 신을 검은 구두를 사라고 돈을 주었습니다. 하지만 신발 가게에 도착한 카렌은 화려한 빨간 구두에 마음을 뺏겨 검은 구두 대신 빨간 구두를 사버립니다.

교회 예배가 있는 일요일, 카렌은 눈이 어두워진 할머니에게 검은색 구두라고 거짓말을 하고는 빨간 구두를 신고 집을 나섭니다. 카렌이 교회에 도착하자 모든 사람의 시선이 빨간 구두에 집중되었습니다.

사람들의 시선을 즐기던 카렌이 교회로 들어가려던 순간 문 앞에 서 있던 교회 관리인이 카렌을 막아섭니다. 그는 빨간 구두의 화려함과 아름다움에 대해 끝없는 칭찬을 하다가 한마디 덧붙입니다.

"하지만 이렇게 화려하고 예쁜 구두는 무도회장에서 신는 게 어울리지요."

관리인의 말이 끝나자 카렌은 춤을 추기 시작했습니다. 그 춤은 카렌이 아니라 빨간 구두가 추는 것이었습니다. 카렌의 춤으로 예배는 엉망이 되었고 사람들이 달려들어 빨간 구두를 벗기고 나서야 카렌은 춤을 멈출 수 있었습니다. 문제를 일으킨 카렌은 한동안 빨간 구두를 신발장 깊은 곳에 넣어두었습니다.

빨간 구두 소동이 사람들의 기억에서 잊힐 때 즈음 할머니는 병을 앓게 되어 카렌의 도움이 필요했지만 그녀는 할머니를 병간호하는 데 소홀했습니다.

그러던 어느 날, 마을에서 성대한 무도회가 열렸습니다. 항상 마음속에 빨간 구두를 품고 있던 카렌은 할머니 병간호를 뒤로 한 채 빨간 구두를 신고 집을 나서 무도회로 향합니다.

저절로 춤을 추는 빨간 구두를 신고 춤을 즐기다가 피곤해진 카렌은 구두를 벗으려고 애를 씁니다. 하지만 이번에도 역시 빨간 구두는 벗겨지지 않습니다. 오히려 벗으려고 할수록 카렌의 발을 점점 더 옥죄였습니다.

무도회는 끝났지만 카렌의 춤은 끝나지 않았습니다. 며칠을 쉬지 않고 춤추며 마을의 이곳저곳을 다니다 교회에 도착했을 때 카렌의 앞에 천사가 나타났습니다.

"빨간 구두의 저주는 영원히 멈추지 않을 것이다."

천사의 말에 카렌은 자신의 모든 행동을 후회했지만 되돌리기에는 너무 늦었습니다. 교회에서는 할머니의 장례식이 치러지고 있었고 춤을 멈출 수 없었던 카렌은 그곳에 참석할 수 없었습니다. 그 순간 카렌은 모든 걸 포기하고 말았습니다.

빨간 구두는 카렌을 사형 집행자가 있는 숲속 외딴집까지 안내했습니다. 사형 집행자를 만난 카렌은 그에게 자기 발목을 잘라 달라고 간곡히 부탁했고 발목을 자르고서야 춤을 멈출 수 있었습니다. 그리고 저주에 걸린 빨간 구두는 피를 흘리면서도 춤을 추며 그녀에게서 조금씩 멀어져 갔습니다.

👠👠👠

'아이씨! 다녀와? 참아?'

비좁은 방에서 천정을 보고 누워있는 나의 고민은 고작 방귀를 뀔지 화장실을 다녀올지였다. 사정을 알리 없는 사람들은 별걸 다 고민한다고 하겠지만 여기는 고시원의 작은 방이고 지금은 모두 자거나 혹은 자려고 누워있는 새벽이다. 시간과 공간은 절대적인 힘이 있어 내가 있는 고시원의 새벽 시간은 이토록 하찮은 일도 큰 고민거리가 되기에 충분하다.

이런 상황에서 새벽 방귀란 참으로 번거로운 일이다.

고시원 내에서도 월세가 가장 싼 내 방에는 창문이 없다. 만약 지금 방귀를 뀌고 잠이 든다면 똥꼬에서 나온 가스를 밤새 입으로 다 마시게 되는 비인륜적인 일이 벌어지게 될 것이다. 그뿐 아니라 몰래 방귀를 흘려보내다가 실수로 소리라도 나는 날에는 옆방 미쓰리 언니가 나를 살려두지 않을 것이다. 각 방의 벽은 합판 몇 장을 대어놓은 게 전부여서 애당초 방음 따위는 되지 않았고, 예민한 성격의 미쓰리 언니는 무슨 일을 하는지 항상 새벽에 들어왔기 때문이다.

그렇다고 화장실을 가는 건 가장 피하고 싶은 일이다. 내가 사는 소라고시원은 5층 건물의 3층과 4층을 쓰고 있다. 남자 숙소가 3층, 여자 숙소가 4층인데 화장실은 3층과 4층 사이 계단에 있었다. 남여 공용은 아니지만 같은 층에 나란히 붙어있는 구조는 몇 가지 불편함이 있다. 우선 급한 순간 모르는 이성과 아이 컨택이 이루어지기 일쑤인데 이런 상황이 되면 나오려던 똥도 쏙 들어간다. 부끄러운 건 나인데 왜 똥이 수줍음을 타는 건지, 이런 일이 몇 번 반복되면 수줍음을 이기지 못한 똥은 아주 깊은 곳으로 숨어버리고 변비가 된다. 그리고 종국엔 딱딱하게 미라가 되어서야 발견되곤 한다.

특히 새벽 시간에는 술 마시고 구토하는 남자들이 종종 있어서 나는 여간 급하지 않고서는 밤이나 새벽에 화장실 가는 일을 자제하고 있다.

쿠우~~~~~~~~

쿠~~~~~~~~우~~

"아이씨, 배 찢어지는 줄 알았네. 콜라가 문젠가?"

다행히 소리 없이 다량의 방귀를 방류하는 데 성공했다. 나는 어떤 악덕 사업주가 새벽에 맹독성 폐수를 무단 방류하는 것처럼 방문을 살짝 열었다. 찬 공기가 머리맡으로 밀려들어왔다. 머리는 시원하고 몸은 따듯해 나는 금세 잠이 든 것 같다.

고시원 부엌에 있는 낡은 TV에서는 맹독성 폐수로 인해 물고기 떼가 폐사했다는 뉴스가 나오고 그때 옆방 미쓰리 언니와 건넛방 추 여사가 내가 흘린 방귀에 코마 상태가 되는 꿈을 꾸었다.

드르르르르륵, 드르르르르륵

요란한 드릴 소리와 사람들의 짜증 섞인 목소리에 잠이 깬 건 오전 11시가 넘어서였다.

"아이씨, 뭐야! 모처럼 주말에!"

"어디니? 어느 방에서 누가 뭔 지랄을 하는 거야!"

고시원 주인은 왜 굳이 토요일에 공사를 하는지 늦잠을 자던 사람들이 하나둘씩 소라게처럼 방문을 빼꼼 열고 나와 한마디씩 불평을 했다.

"아이구… 미안햐… 저기 말여, 현관 옆방에 결로때미 벽지가 제 썩어서 방이 나가야 말이지… 단열재 한 장 대믄 곰방 끝나니께 이해들 즘 햐…."

"아줌마! 그럼 미리 말이라도 해줬어야 외박을 하든지 고향을 가든지 했을 거 아녜요!"

역시 선봉을 치고 나가는 건 다혈질에 목소리 큰 미쓰리 언니였다.

"공사 핸다구 현관에 써 붙였는디? 여 봐봐."

"아이씨, 여기 사람들 절반은 밤에 들어오는데 그 작은 걸 어떻게 읽어요? 게다가 현관에 불 나간 지가 언젠지는 알아요?"

"아유, 그랴? 늙으니께 초저녁잠이 늘어서 몰랐네… 미안햐…."

빨갛게 화가 났던 사람들은 어느새 살쾡이 같은 미쓰리 언니와 능구렁이 같은 주인아주머니의 싸움 구경에 정신이 팔려있었다.

“말로만 미안한 게 어디 있어요?”

“그럼 어쨔? 늙은이가 무릎 꿇고 싹싹 빌믄 속이 풀리겄어? 그라믄 내 그래야지 뭐.”

주인아주머니는 능청스럽게 무릎 꿇는 시늉을 했지만 미쓰리 언니의 앙칼진 목소리가 흐름을 끊었다.

“미안하시면 이번 달 방세에서 빼주세요.”

“뭐, 뭐여?”

“어머! 못 들으셨어요? 방.세.에.서.빼.주.세.요.”

미쓰리 언니의 허를 찌르는 공격에 당황한 능구렁이 주인아주머니는 공격 패턴을 바꿨다.

“뭐여? 늙은이가 이렇게 조아리면 됐지! 뭘 빼줘? 뭘 빼줘? 새파란 년이 어디 못된 주딩이로 선동질이여!”

“뭐? 년? 녀언?”

능구렁이 주인아주머니가 선을 넘자 이번에는 미쓰리 언니가 당황했다.

“그래 이년아! 딸 같은 년한테 년 소리도 못 하냐?”

“아우! 저 할망구가 노망이 났나? 내가 오늘 여기 다 뒤집고 다른 데로 옮겨야겠다!”

“뭐여 이년아? 그래 해봐라! 네년 없어도 하나두 안 아쉬워, 이년아!”

"아유, 왜들 이러세요? 조금씩 양보하시면 될걸."

"언니, 언니가 참아요."

사람들이 뒤엉키고 급기야 3층 남자들까지 올라와 복도는 아수라장이 되었다.

그때였다.

퍽!

"꺅!"

나는 혼돈의 복도에서 어쩔 줄 모르고 서 있었는데 갑자기 별이 번쩍했다. 이어서 바닥은 천정이 되고 천정은 바닥이 됐다. 언니들이 나를 감싸 안았고 노래방 복도처럼 모든 소리가 웡웡거렸다.

"얘, 괜찮니?"

곧 웅성거리던 소리가 제자리를 찾고 그제야 오른쪽 눈가가 욱신거림을 느낄 수 있었다.

"엄마아…."

나는 이제 고2가 되는데 마치 어린애가 된 것처럼, 엄마가 살아있을 때처럼 엄마를 부르며 울어버렸다. 어떤 언니의 품이었을까? 순간 엄마 품처럼 포근해서 나는 한동안 울면서 그 품에 꼭 안겨있었다.

어찌 됐건 나의 울음으로 모든 상황이 종료됐다. 우리는 공사를 하는 동안 귀중품 몇 개를 챙겨 모두 옥상에 올라가 있기로 했다. 고시생 없는 고시원에 사는 사람들은 무슨 일을 하는 걸까? 밤에만 볼 수 있는 사람들은 해를 못 본 탓인지 소라게의 속살처럼 연약해 보였다. 겨울치고는 따뜻해서 그 연한 살들을 말리기에 아주 적절한 날이었다.

"괜찮니?"

"네? 네…."

미쓰리 언니가 다가왔다. 나는 미쓰리 언니의 부드러운 목소리를 처음 들어 어색했다.

"아유… 눈탱이가 판다가 됐네. 이거 보름은 가겠는걸?"

"풋!"

"야! 이거 웃을 일 아니야. 언니랑 병원에 가보자."

"아니에요. 눈도 잘 보이고 방학이라 어디 갈 곳도 없어요…."

"풋, 언니가 미안해."

"아니에요. 저 정말 괜찮아요."

미쓰리 언니는 움직일 때마다 짙은 향수 냄새가 났다. 나는 그 향수 냄새로 아까 나를 안아준 사람이 미쓰리 언니란 걸 알 수 있었다. 정신이 없던 중에도 코가 찡하도록 나던 향기가 미쓰리 언니의 가슴팍에서 솔솔 나서 나는 그 무섭던 미쓰리 언니를 좋아할 수 있게 되었다.

"자자, 추운디 뜨신 커피덜 마셔유… 아메리카노!"

"헐, 이걸로 퉁치면 너무 싼 거 아니에요?"

담배를 태우던 3층 아저씨가 웃으며 커피를 받아들었다.

"아이구, 이거 비싼겨! 뭔 커피가 김밥보다 비싸데…."

주인아주머니는 너스레를 떨며 커피를 돌렸다. 사람들에게 한 잔씩 다 돌리고는 마지막으로 미쓰리 언니에게 커피를 내밀었다.

"한 잔 햐!"

"내껀 없을 줄 알았더니!"

"없긴! 침 뱉어서 넘들보다 양이 많을겨."

미쓰리 언니가 피식 웃었다.

"아이구, 그나저나 눈 안 상했냐? 아가…."

"네, 괜찮아요."

"아줌마가 미안하니께 이번 달 방세 반만 받을게."

"아유, 아니에요."

"아니긴, 말 바꾸기 전에 얼른 알았다고 그래."

미쓰리 언니가 냉큼 말을 받았다.

"말은 누가 바꾼다고 그랴? 그짝은 커피나 모자르믄 말햐. 내가 침은 얼마든지 뱉어줄라니께!"

"나도 방세 반만 내면 되나?"

"아, 됐어! 커피나 먹어둬~."

죽일 듯이 싸우다가도 미안하다는 사과 한마디 없이 화해되는 모습이 가족 같았다. 따뜻한 커피가 몸을 녹이고 이런 상황들이 마음을 녹여줘서 나는 기지개를 크게 켰다.

"햇볕 쬐니 기지개가 절로 켜지지? 해도 좀 보고 살아야 하는데 그게 뭐라고 녹록지가 않네…."

미쓰리 언니의 한숨이 깊었다.

"넌 뭐 들고 나왔니?"

"네?"

"귀중품 말이야."

"아… 저는…."

"나는 이 귀걸이 갖고 나왔어. 이거 진짜 다이아몬드야."

"헐!"

"크지? 어떤 꼰대가 선물한 건데 나는 당연히 가짜인 줄만 알았지 뭐야."

"비싸겠어요."

"작은 월세방 하나는 얻을 수 있을 거야. 든든하다고. 이거."

"잊어버리지 않게 잘 챙기세요."

"너는 그 박스 뭐야? 안 훔쳐 가. 한 번만 보자."

미쓰리 언니는 반강제적으로 박스를 열어봤다.

"뭐야? 구두네. 명품이야?"

"엄마 유품이에요."

"힉! 미… 미안, 몰랐어."

"괜찮아요. 신을 수도 없고 버릴 수도 없는 무거운 짐인걸요."

미쓰리 언니는 황급히 자리를 옮겼다.

눈은 부어가지고 유품이나 안고 있는 내 곁엔 누구라도 같이 앉아있기 불편할 거라 생각했다.

낮 3시인데도 겨울은 해가 낮은 탓에 그림자가 길었다. 먼 건물 옥외 광고판이 반복적으로 움직였다. 돈을 빌려준다는 무 아저씨가 백 번 정도 반복해서 뛰고 나서야 고시원 사람들은 방으로 들어갈 수 있었다.

👠👠👠

내 이름은 후남이다. 이후남.

중학교 2학년 때 담임 선생님은 자기가 어려서 본 드라마 여주인공과 이름이 같다며 몹시 신기해하셨다.

"혹시 네 오빠 이름은 귀남이냐?"

"오빠 없는데요?"

그 드라마에 대한 이야기는 방과 후에 엄마에게 들을 수 있었는데 내 이름을 할머니가 후남으로 지어준 이유는 드라마와 별반 다르지 않았다.

연세가 이제 팔십도 넘은 할머니는 아직도 성격이 불같아서 조금만 마음에 안 드는 일이 있으면 특유의 남자 음색과 거친 경상도 사투리로 상대방을 얼어붙게 했다.

"봐라! 니 이기 식혜라고 만들었나? 치아뿌라마! 시에미 보기 싫으면 안 맨들면 되지! 왜 되도않게 맨들어가 아까운 물자를 낭비하노!"

"…."

"말을 하면 뭐라 대답을 해라! 답답코로… 니 벙어리가? 반피가?"

"…."

"하긴 녀자가 시집와서 아들 하나 못 낳면 반피 맞다!"

"어무이요… 쫌 그만하이소."

"그만하긴 뭐 그만하노! 이 반피 같은 자슥아! 지금 애미 앞에서 느그 마누라 역성드는기가? 어이? 어이?"

"아이고… 어무이. 쫌, 쫌!"

"내는 아들 볼 때까지 계속할끼야… 죽어서도 할끼야… 그것만 알아두라!"

"지금 시대가 어느 시댄데 아들 타령입니꺼? 마! 관두시더. 내 어디서 훔치든가 낳아오든가 할게예, 오늘은 그만하입시더…."

아무도 믿지 않지만 엄마가 살아있던 얼마 전까지 우리 집 분위기는 이랬다.

1939년이면 일제 시대이고, 우리 할머니는 1939년생이다. 나는 일제 시대에 살던 사람이 아직도 살아있다는 게 믿기지 않았다. 할머니는 대구에서 태어나 평생 대구에서 살았는데 아버지가 서울로 모시던 날 장원 급제라도 한 사람처럼 자랑스러워하던 모습이 아직도 눈에 선하다.

아직도 청나라가 가장 큰 나라인 줄 알고 있는 할머니는 열일곱에 결혼해서 서른이 다 되어서야 아버지를 낳았다고 했다. 할머니는 아버지를 낳기 전까지의 일들을 무용담처럼 이야기하는 게 유일한 낙이었다. 기분이 좋은 날에는 기분이 좋아서, 기분이 나쁜 날에는 기분이 나빠서, 자신이 겪어온 지난한 일들을 라떼에 우유 녹이듯이 모든 일상에 대입했다.

"내 때는! 이런 거 없었데이. 어데 아녀자가 일하다 말고 궁디를 붙이노? 요즘 것들은 궁디가 무거워가 큰일이다. 큰일!"

할머니는 엄마가 싫었던 걸까? 아니면 아들을 못 낳은 엄마가 싫었던 걸까? 할머니는 기분이 좋든 나쁘든 엄마를 꾸짖었고, 엄마는 마치 귀가 안 들리는 사람처럼 무표정하게 방을 훔치거나 빨래를 하거나 무거운 어떤 것을 옮기고 있었다.

엄마는 말수가 적은 사람이었다. 예쁜 얼굴은 아니었지만 그렇다고 밉지도 않은 평범하고 하얀 얼굴을 가졌다. 150센티미터 정도의 작은 키에 체구도 작아 먼발치에서 보면 초등학교 5학년 정도로 보였는데 이 또한 할머니에게 좋은 트집거리였다.

"쯧쯧쯧, 그래가 방바닥이 닦끼나? 요래 힘을 줘가 빡빡 문대야지. 그런 몸으로 무신 아들을 낳겠노… 잉? 아가 아를 낳지… 아가 아를 낳아…."

방구석에 웅크리고 앉아 광이 나도록 걸레질을 하는 엄마의 작고 하얀 등에 뱀처럼 독한 말을 쏟아내는 할머니의 주름진 얼굴이 너무 추해 보여 나는 참지 못하고 폭발하고 말았다.

"할머니! 쫌, 쫌! 그만 좀 해! 그런다고 없는 아들 손자가 생겨? 어, 어? 듣기 좋은 말도 한두 번이지, 왜 자꾸 엄마 못살게 볶는데!"

"이 가스나가 뭐라카노?"

"아빠는 뭐가 그리 잘났어? 아빠는 키 커? 아빠가 돈 잘 벌어?"

"이기 뭐라카노! 즈그 아버지 발끝에 때만치도 못한 가스나가 뭐라 씨부리쌌노?"

"후남아, 그만해!"

"뭘 그만해! 엄마는 바보야? 왜 맨날 말도 안 되는 소리를 듣고만 있는데?"

"집안 꼴 잘 돌아간다! 가스나가 세상 물정 모르고 망아지 맹크로…."

"그럼 할머니는 뭐 머스마야? 그래서 맨날 엄마한테 억지 부리고 소리 지르고 그러는 거야?"

"뭐? 억지? 내가 뭐… 무신 억지를 부리는데? 어디 똑똑한 가스나가 한 개만 말해봐라."

"몰라서 물어? 지금 엄마 나이에, 아빠 쥐꼬리만한 월급에 아들이 가당키나 해? 누가 낳을 건데? 무슨 돈으로 키울 건데?"

"집안에 아들은 무조건 있어야 하는기야! 가문에 대가 끊기…."

"못사는 집구석에 가문 좋아하시네! 불가능한 일에 꿈 좀 깨. 제발!"

"두고 봐라! 못된 가스나. 내 살아온 경험이 무시 못 하는 걸 알게 될기야!"

할머니의 말은 용한 점쟁이의 예언처럼 당당했다. 그리고 저주처럼 실행되었다.

말도 안 되지만 두 달 뒤 내게 남동생이 생겨버린 것이다. 그러니까 내게는 남동생이고 아버지에겐 아들이며 할머니에게는 그토록 기다리던 장손이었지만 엄마에겐 아들이 아닌 그런 남동생이었다.

그날은 부슬부슬 비가 내렸고 덕분에 관절이 아픈 할머니는 힘을 못 쓰고 누워있었다. 벽에 걸린 시계의 초침 소리가 들릴 만큼 조용했던 적이 얼마 만인가?

척, 척, 척, 척

오랜만에 들리는 시계 소리는 생경한 느낌이었다. 어색한 집안의 고요함도 어쩐지 폭풍 전 고요함처럼 불안했다. 어쩐 일인지 반차를 내고 들어오는 아버지의 문 여는 소리가 태풍처럼 이 모든 정적을 깼다.

"무슨 일이세요? 이렇게 일찍?"

"벌써 끝났나? 니 어디 아픈기가?"

"아닙미더! 식구들에게 할 말이 있어가 반차 냈습니더."

"무슨 일이기에 반차까지 내셨어요?"

"니 술 묵었나?"

"후남아! 니도 여 와 앉아라!"

날은 흐려 어두운데 어리둥절한 식구들은 불을 켤 생각도 못한 채 거실에 있는 큰상에 둘러앉았다. 날은 흐린데 불은 안 켜고 둘러앉은 오크색 큰상은 더 어둡게 느껴졌다.

아빠가 오기 전과 같은 적막과 초침 소리만 있을 뿐인데 분위기는 몹시 무거웠다. 나는 큰상의 색이 짙은 오크색이어서 그럴 거라고 생각했지만 감아쥔 손은 차갑고 차가운 손 안에 땀이 흥건했다. 다른 가족들의 눈치를 살피니 비단 나만 그런 것 같지는 않았다.

"니 무슨 일 있나? 퍼뜩 말해봐라! 답답하게 있지 말고!"

"…."

"여보, 내… 아들이 생겼소."

소라고시원은 동네의 가장 높은 곳에 있었다.

편의점 알바를 마치고 고시원까지 걸어 올라가는 일은 일과 중 가장 힘든 일이었다. 편의점과 고시원의 중간 지점에는 작은 놀이터가 하나 있는데 거기서 잠깐 쉬고 나면 힘은 덜 들지만 해가 지면 그곳에서 남자아이들이 담배를 피우거나 술을 마시곤 해서 오히려 그 구간을 더 빨리 지나쳐야 했다.

그날도 나는 빨리 지나가려고 놀이터를 살피며 올라가고 있는데 거의 매일 보이던 껄렁한 남자아이들은 보이지 않고 남녀가 다투는 소리만 들렸다.

"선정아! 갑자기 왜 그러는데?"

"내가 갑자기 뭐?"

"아니, 우리 잘 지내왔잖아."

"그래, 앞으로도 그렇게 잘 지내. 누가 뭐래?"

"아니, 우리가 그냥 알고 지내는 그런 사이는 아니잖아."

"그냥 알고 지내는 그런 사이가 아니면 우리가 뭐라도 했어?"

"뭘 해야지 각별해? 서로 알아가는 사이였잖아! 좋았잖아!"

"좋았지. 결혼한 사람인 걸 모를 때까지는. 여보세요, 정신 좀 차리세요."

"야! 이럴 거면 선물은 왜 받아 챙겼어! 어? 이거 순전히…."

"이거 말하는 거야? 안 그래도 뭔가 구려서 한 번도 하지 않았으니 환불을 하시든지 사모님 드리세요."

"아니! 이게!"

짝! 짝!

분위기가 갑자기 험악해지더니 뺨을 걷어 올리는 소리가 두어 번 크게 났다. 가로등 불빛이 흐릿해서 잘 보이지는 않았지만 여자가 넘어진 것 같았다.

"거… 거기 뭐 하세요?"

당황한 나는 무의식중에 행동이 먼저 나왔다. 바로 후회했지만 이미 엎질러진 물이었다.

"어이, 학생. 연애하는 거 처음 봐? 그냥 가던 길 가!"

"방금 때… 때렸잖아요!"

"아이씨! 정말 별게 다!"

"저 학생은 상관없잖아!"

넘어졌던 여자가 언제 일어났는지 위협하는 남자를 가로막았다. 나는 그때 흐린 가로등 불빛 아래로 입술이 터진 여자 얼굴을 볼 수 있었다.

"어… 언니!"

"언니?"

"후남이?"

"뭐야? 너… 선정이 동생이냐?"

"그래! 우리 언니다! 너 이 새끼 내가 언니 때리는 거 다 찍었어!"

남자는 당황해서 어쩔 줄을 몰라 했고, 나는 그 틈에 긴급 신고 앱을 눌렀다.

경찰이 오고 나는 경찰서까지 동행했다.

우리는 긴 조사를 받았다. 남자의 아내에게 연락을 하느니 마니 실랑이를 하다가 아내에게 알리지 않고 다시는 접근하지 않겠다는 조건으로 합의를 봤다.

"처벌을 원치 않음. 자, 여기 서명하시면 집에 가도 됩니다."

"거! 아저씨, 오늘 운 좋은지 아시고 이분께 같은 짓 하면 가중 처벌되니까 조심하세요."

"네… 네."

경찰서에서 나오니 파랗게 날이 밝고 있었다. 지난밤 크고 무겁게만 보였던 남자는 아침 햇살에 한없이 작고 초라해 보였다. 나는 무슨 이유에서인지 아빠가 떠올랐다.

"선… 선정아… 미안했다. 그리고 고맙다."

"자, 이거 갖고 가서 부인 드려요."

"아, 아냐. 이건 정말 네가 했으면 해."

언니는 손바닥만 한 쇼핑백을 다소곳이 바닥에 놓고는 돌아서 걸어갔다. 남자도 우물쭈물하더니 고개를 푹 숙이고는 다른 방향으로 걸어갔다.

혼자 남은 나는 하는 수 없이 문제의 선물을 챙겼다. 쇼핑백 안에는 며칠 전 고시원 옥상에서 본 다이아몬드 귀걸이와 목걸이 세트가 곱게 들어있었다. 나는 엄마와 빨간 구두를 떠올렸다.

동이 트는 새벽 거리는 상쾌했다.

공기가 찹찹하고 새들이 울고 거리가 밝게 푸르고 무엇보다 아침 일찍 출근하는 사람들의 부지런한 모습이 마음에 들었다. 나는 비록 폭행 사건에 연루되어 밤새 경찰서에 있다가 돌아가는 처지였지만 출근하는 사람들과 같은 길을 걸으니 마음이라도 걱정 없는 직장인처럼 뿌듯했다.

"언니, 미안해요."

"뭐가?"

"나… 언니 이름 이번에 처음 알았어요."

"뭐래? 내가 말해주지 않았는데 당연한 거잖아."

미쓰리 언니는 언제나처럼 시니컬한 표정으로 툭 던지듯 대답했다. 언니는 양 볼이 많이 부어있었지만 어쩐지 그마저도 멋있었다.

"언니?"

"응?"

"왜 사람들은 언니를 미쓰리라고 불러요?"

"후남아, 잘 들어."

언니는 사뭇 진지한 표정을 지으며 가던 길을 멈추었다.

"편견과 습관."

"편견? 습관?"

"너도 내가 밤에 일하는 사람으로 알고 있지?"

갑작스러운 질문이 송곳처럼 불시에 뚫고 들어오는 느낌이었다. 나는 비밀이 들통난 것처럼 많이 당황했다.

"아… 그… 그게…."

"괜찮아. 나는 네게 내가 뭐 하는 사람인지 말해주지 않았고, 너는 고시원 사람들 이야기로 눈치껏 파악하고 있었겠지."

"죄… 죄송해요. 언니."

"아니라니까. 어떻게 보면 언니가 미안하지."

"…."

"사실 언니 대학생이야. 야간 대학이지만…."

언니는 선한 웃음을 지으며 고백하듯 말했다. 지금까지 보아 온 언니의 이미지와 어울리지 않았지만 어쩐지 대학생 같은 미소가 잘 어울리기도 했다.

"그런데 왜…?"

"그런데 뭐?"

언니가 내게 다시 물었고 나는 내가 무엇을 물어보려 했는지 알지 못했다.

"선.입.견."

"아…!"

"언니는, 다행인지 불행인지 혼자야. 늙은 고아지. 하하하!"

"…."

"후남아, 젊은 여자가 혼자 살기란 드라마처럼 낭만적이진 않아. 어젯밤 네가 봤던 똥파리들도 가끔 꼬이고 얕잡아 보기도 하고 그래. 그래서 좀 세 보일 필요가 있지."

"아…!"

"저년 미친년이구나! 이런 느낌으로 방어하는 거야. 건드리면 최소한 개쪽팔림 정도는 각오해야 한다는 경고랄까?"

"아…!"

"문신 몇 개 하고, 담배 피우고, 몇 번인가 악다구니를 펼치니 사람들이 나를 밤에 일하는 센 언니로 알고 있더라. 웃기지? 뭐, 그 덕에 편한 것도 있고…."

"언니, 다시 한번 정말 죄송해요."

"너 정말 죄송한 거 맞아? 진심?"

"그… 그럼요."

"그래? 그럼 사과의 의미로 언니 부탁 하나 들어줘."

"네! 뭐든…."

"이제부터 나한테 말 편하게 해."

"네, 네? 어… 어떻게…."

"어! 이 자식 죄송한 거 뻥이었나 보네."

"그, 그게 아니라…."

"그게 아니면 이렇게 하자. 너 내 동생 해라. 언니 외로워. 응?"

"네! 아니, 응! 언니!"

끝도 없이 캄캄하던 비탈길이 앙증맞은 벽화가 많고 귀여운 아이들이 재잘되는 보이는 곳으로 보였다. 비탈진 이 길이 어쩐지 짧게 느껴지고 길을 오르는 동안 좋은 기분이 들었다.

잊고 있었는데 기분 좋은 느낌은 민트 초코처럼 달콤하고 뻥 뚫리는 느낌이다. 이런 민트 초코의 맛은 엄마가 돌아가신 이후 처음이었다.

"저… 언니, 이거."

"응?"

"다이아몬드."

"아이고, 꼴에 가오 잡느라 두고 갔나 보네?"

"…."

"그냥 너 해. 나는 재수 없어서 싫어."

"나도 이런 재수 없는 물건 이미 가지고 있어서 싫은데…."

"이미라니?"

"빨간 구두, 빨간 구두가 이 다이아몬드랑 사연이 비슷해…."

"엄마 유품? 그거?"

"응, 차이가 있다면 이 재수 없는 걸 받아버렸다는 거야."

아들이 있다고 고백한 후 며칠 안 되어 아빠와 할머니는 24평 전셋집에 엄마와 나만 남겨두고 집을 나가버렸다. 아들을 낳았다는 여자가 있는 곳으로 야반도주하듯 신속하게 빠져나간 것이다.

그날 아침 아빠는 여느 때처럼 출근했고 할머니는 몸이 안 좋다고 자리에 눕더니 남대문 시장에서 파는 찐빵 타령을 해댔다.

"어머님, 제가 나가서 사 올게요. 혹시 몸 안 좋아지시면 옆집 도형이네에게 말씀하세요. 도형 엄마에게 부탁하고 갈게요."

"니 다녀올끼가? 서방이 밖에서 애도 낳아 왔는데 뭐가 안타까워 늙은이까지 챙기노? 니도 간만에 옷도 사 입고 맛난 것도 묵고, 마! 다 하고 천처이 온나."

아빠 탓인지 할머니는 평소와 달리 부드러운 말투로 엄마를 달래며 꼬깃꼬깃한 돈 오천 원과 천 원짜리 몇 장을 손에 쥐여 주었다.

아빠의 폭탄 발표 이후 엄마는 반쯤 넋이 나간 채 좀비처럼 움직이며 할 일을 하고 있을 뿐이었다. 엄마는 넋이 나가서인지 아니면 등교하는 나와 같이 출발하려는 것인지 집안일을 하던 복장 그대로 집을 나섰다. 못 봐줄 정도는 아니었지만 시내까지 나가기에는 조금 어색한 복장이었다.

"엄마! 쫌! 정신 좀 차려어…!"

"뭐가?"

"엄마 많이 이상해. 시내 나가는 사람 복장이 이게 뭐야! 화장도 안 하고. 엄마, 세수는 하고 나온 거야?"

"할머니가 새 옷 사서 입으라는데 뭐 하러… 새 옷 입고 들어오면 되지."

"그 더러운 돈 왜 받아? 엄마는 속도 없어?"

나는 할머니가 쥐여준 돈을 낚아채 길바닥에 내동댕이치고는 달아나듯 뛰어갔다. 한참을 달리다가 골목 끝에서 돌아보니 돈을 줍고 있는 건지 울고 있는 건지 엄마는 쪼그리고 앉아있었다. 나는 이 모든 것이 지긋지긋해서 도망갈까도 생각해봤지만 마땅히 갈 곳이 없었다.

엄마에게 못되게 하고 나온 일이 종일 마음을 불편하게 했다. 서둘러 집으로 돌아온다고 했는데 이미 해가 지고 어두워져 있었다.

할머니와 엄마가 집에 있는 게 당연한 시간, 그날은 해가 졌는데도 집 안에 불빛 한 점이 없고 현관문도 열려있었다. 거실에 불을 켜자 짙은 오크색 큰상 위에 뜯지도 않은 찐빵 상자가 덩그러니 눈에 들어왔다.

"엄마? 엄마? 집에 있어?"

"…."

"엄마!"

엄마는 부엌 앞 김치냉장고 옆에 웅크리고 앉아있었다. 빨간 꽃무늬가 화사한 새 원피스를 입고 손에는 새빨간 구두 한 켤레를 꼭 쥐고서 아주 작고 볼품없는 모양으로 그렇게 앉아있었다.

"후남이 왔니?"

"어… 엄마."

"엄마가 많이 기다렸어. 이 구두 어떠니? 네가 더 크면 엄마가 너 줄게."

엄마의 눈은 초점을 잃어 어디를 응시하는지 알 수 없었다. 엄마와 눈이 마주치는 순간 나는 엄마가 정상이 아님을 단박에 알아챘다.

"엄마… 괜… 찮은 거지?"

"이 구두, 네 아빠가 엄마에게 준 거야. 그날 아빠는 약속에 늦은 사람처럼 달려와서는 엄마를 죽는 날까지 사랑하겠다고 했어. 이 빨간 구두를 선물로 주면서 말이야. 그때 네 아빠는 이미 결혼한 상태였지만 내게 고백하는 눈빛이 얼마나 선하고 귀엽던지 엄마는 이 빨간 구두를 안 받을 수 없었어…."

"안 되겠다, 엄마! 우선 병원에 가야 할 것 같아!"

"네가 크면 이 구두를 신으렴. 그럼 아빠가 그때 그 눈빛으로 너를 사랑해줄 거야."

"그만해! 그 이야기는 천 번도 더 들었어!"

"그래, 그랬지. 그랬었어… 크크크크…."

"내가 이 구두 당장 신을게. 구두 신고 우리 같이 병원 갈까? 응? 응?"

엄마는 한 번도 신지 않은 빨간 구두를 내게 물려주겠다고 습관처럼 말하곤 했다. 아빠와 할머니가 집을 나간 그날 나는 119 구급차를 타고 응급실로 가면서 처음으로 그것을 신게 되었다.

엄마의 바람인지 혹은 저주인지 내 발은 빨간 구두가 꼭 맞을 만큼만 자라있었다.

"선생님, 우리 엄마 어떤가요?"

"환자분 따님 되시나요? 조금 더 검사를 해봐야겠지만 큰 문제는 없어 보입니다. 안정을 취하면 괜찮아질 거예요."

"아… 네, 감사합니다."

"그런데 다른 보호자분은 안 계시나요? 피검사에서 수치가 좀 높게 나온 게 있어서… 알고 계셔야 할 거 같은데…."

"보호자가 따로 없는데 저한테 말씀해주시면 안 되나요? 우리 엄마 어디가 안 좋은 건가요?"

"지금은 해당 교수님이 퇴근하셨으니 오늘은 초음파와 CT만 찍고 외래 진료에서 말씀 듣는 걸로 하시죠. 제가 소화기내과 예약 잡아드릴게요."

"네… 네. 감사합니다."

정신이 들어 집으로 온 엄마는 말없이 방으로 들어갔다. 새벽 세 시가 넘은 세상은 조용하고 오크색 묵직한 큰상 위에는 남대문에서 사 왔을 찐빵이 뜯지도 않은 채 덩그러니 놓여있었다. 그리고 찐빵 상자 옆에 쪽지, 아까는 경황이 없어서 보지 못했던 쪽지가 구겨진 채 있었다.

애미야, 보거라.

긴시절 지랄가튼시에미 비위마치느라 수고가마나따.

내도 사람댄도리로 너랑사는거시 마깨찌만 우짜겠노 대를이을

장손이 태어나따니 장손을챙기야지.

아를 대리와가 후남이랑가치 키울까도생각해찌만 너에게도

도리가아니고 또생모는 우짜겠노.

아이애미는 너 들어올때 이혼했던 정연이란다 맴이야아프게지만

재자리차자간다 생각하거라.

죄는죄대로 가는법아니겠노 너땜시 정연이도 맴고생마나쓸태니

억울해말고 원망마라라.

후남이도 다커서 지압까림다하고 시애미도안뵐태니 조케생각해라.

쪽지를 다 읽은 나의 마음은 의외로 잠잠했다.

엉뚱하게도 나는 차갑게 식은 찐빵을 어떻게 해야 할지 걱정되었다. 찐빵을 들고 냉장고와 음식물 쓰레기통 사이를 몇 번인가 왔다 갔다 하다가 다시 상 위에 던져놓았다.

조용한 새벽, 오래된 벽시계의 초침 소리와 엄마의 코 고는 소리가 유독 크게 들렸다. 새벽녘의 그 파랗고 캄캄한 어둠 속에서 빨간 구두는 유독 도드라져 보였다. 새파란 공간에서 구두의 빨강은 어지러울 정도로 강렬해서 나는 무엇에 홀린 듯 빨간 구두를 신고 일어섰다.

탁탁… 탁탁…

이토록 고혹적인 빨강은 신는 것만으로도 기분이 좋아지는

것이었다.

탁탁… 탁탁탁…

그 새벽 마룻바닥에 발을 구른 건 내 의지가 아닐 거라는 생각도 해봤지만 그 순간 그런 건 중요한 게 아니었다.

탁탁탁 탁탁탁…

박자가 생기고,

탁탁탁 탁탁탁…

음악이 흘렀다.

쿵작작 쿵작작…

쿵작작 쿵작작…

왈츠가 흐르고…

그날 나는 꿈인지 현실인지 알 수 없는 시간에 밤이 새도록 춤을 추었던 것 같다. 언젠가 전지현 언니가 나온 샴푸 광고에서 흐르던 음악, 쇼스타코비치 왈츠 2번 리듬에 맞춰서….

큰 병원에 가는 것은 보통 일이 아니었다.

응급실에서 잡아준 엄마의 외래 진료 예약 시간은 오전 11시였지만 우리는 전날 저녁부터 금식하고 새벽에 일어나 집을 나서야 했다.

8시에 피를 뽑는 것을 시작으로 여러 층을 오가며 이런저런 검사도 많이 했다. 저녁부터 밥을 먹지 못한 탓인지 엄마는 검사받는 내내 부쩍 마르고 힘들어 보였다.

힘들게 받은 검사의 결과는 몇 주가 지나서야 나왔는데 나는 그새 사람이 죽을 수도 있겠다는 생각을 했다.

검사 결과를 들으러 다시 병원을 찾았을 때 엄마는 몰라볼 만큼 말라 있었다.

"강은영 님."

"네! 네."

"보호자세요?"

"네."

"문 앞에 앉아 계세요. 다음에 들어갈게요."

"네."

이렇게 많은 아픈 사람은 다 어디에서 온 걸까? 진료실이 벌집처럼 붙어있는 긴 복도에는 환자들로 가득했고, 조금 유명한 의사들은 방 두 개를 오가며 쉴 틈 없이 진료를 봤다.

순서가 되어 들어간 진료실에는 의사가 없었다. 간호사가 모니터 화면에 검사한 사진들을 띄우자 옆방에서 진료를 마친 담당 의사가 기민하게 들어왔다.

의사는 간단한 인사도 없이 눈 한 번 마주치지 않은 채 한참 동안 화면만 주시하고 있었다.

"강은영 님?"

"네."

"췌장암입니다."

"네?"

하얀 피부에 얇은 안경을 쓴 의사의 인상은 얼음처럼 차가웠다. 나는 이 얼음 같은 의사가 마치 감기를 말하듯이 췌장암 진단을 내려 순간 잘못 들었나 귀를 의심했다.

"정확한 검사를 더 해봐야겠지만 임상 경험상 많이 진행됐을 겁니다."

"무… 무슨…?"

"일단 입원부터 하세요."

"혹시 사진이 바뀌었거나 오진일 수도…."

"아니요. 그럴 확률은 없습니다."

의사의 대답은 차갑고 짧아 오히려 명징한 느낌이었다.

"그럼… 이제 어떻게…."

"전이되었으면 몇 개월 안 남았다고 생각하시면 됩니다. 진료실 나가시면 간호사가 설명해줄 겁니다."

하얗고 차가운 의사는 위로의 말이나 잘 가라는 인사도 없이 뱀처럼 유연하게 다시 옆방으로 가버렸다.

뱀처럼 차가운 의사의 췌장암 진단은 어떤 감정도 없이 내려졌고 엄마와 나는 눈물을 보일 타이밍조차 놓쳐 멍하게 한참을 앉아있었다.

"환자분? 일단 밖으로…."

우리는 무중력 상태를 걷는 것 같은 느낌으로 진료실을 나왔다. 그러거나 말거나 몹시 바쁜 간호사 선생님이 내가 앞으로 해야 할 일을 기계처럼 이야기해주었다. 마치 1.2배속으로 돌리는 것처럼 빠르고 긴 설명을 나는 하나도 알아들을 수 없었지만 저녁쯤엔 용케도 엄마를 입원시키고 아빠에게 전화를 걸었다.

"고객이 전화를 받을 수 없어 음성 사서함으로 연결됩니다. 연결 후에는 통화료가 부과되며…."

"고객이 전화를 받을 수 없어 음성 사서함…."

"고객이 전화를…."

"고객이…."

아빠의 전화는 다섯 번 만에 연결되었다.

"여보세요?"

"왜 이렇게 전화를 안 받아?"

"아빠 일하는 중 아이가!"

전화기 너머로 사람들 웃음소리와 술잔 부딪히는 소리가 시끄러웠다.

"와? 무슨 일인데?"

"딸인데 꼭 무슨 일이 있어야 전화할 수 있는 거야?"

"…."

"그런 거냐고?"

"이기 전화해가 와 이카노? 일없으면 마 끊으라!"

"엄마가 아파."

"아프면 병원 가라. 그런 것까지…."

"암이래. 췌장암."

"뭐?"

"몇 개월 못 산대."

"…."

"와, 당장!"

"어델?"

"어디긴 어디야! 엄마 입원한 병원이지!"

순간 터져 나온 고함은 병원 복도를 타고 병동의 끝까지 닿았다. 놀란 사람들이 나를 쳐다봤지만 정작 아빠는 얄미울 정도로 태연했다.

"아, 아이고 달팽이관이야. 알았다. 갈게. 오늘은 늦었으니 주중에 함 들르게. 됐재?"

"후, 당.장.와."

"가스나야, 아빠 지금 일하는…."

"뒤에서 한 잔 더 하라는 소리 다 들리거든!"

"아랐다 마! 지금 갈게!"

"오늘 꼭 오는 게 모두에게 좋을 거야. 특히 내 남동생에게…."

"뭐어? 이기 미쳤나? 야, 이 가스나…."

뚝.

결국 아빠는 오지 않았다. 그날도 그다음 날도 심지어 엄마가 죽어 화장되는 날까지.

몇 개월 남았다는 의사의 말이 무색하게 엄마는 입원한 지 1주일이 되던 날 아침 세상을 떠나버렸다. 유언은 따로 없었지만 엄마는 정신이 흐려진 상태에서 자주 빨간 구두 이야기를 했기에 나는 그 이야기를 유언으로 삼았다. 유품은, 유언 속 새빨간 구두와 엄마가 마지막으로 입고 있던 빨간 꽃무늬 원피스를 챙겼다.

화장터에서 새빨간 불구덩이 속으로 엄마를 넣을 때 나는 비로소 엄마의 죽음을 인정할 수 있었다.

죽다.

숨을 거두다.

돌아가다.

영면하다.

하늘나라로 가다.

또…

세상을 떠나다.

엄마를 화장하고 납골당의 가장 아랫자리에 유골함을 넣는 동안 나는 엄마의 죽음에 가장 걸맞은 단어는 어떤 것이 있을까를 생각했다.

'세상을 떠나다.'

아빠를 세상의 전부라고 생각했지만 그 세상에 시달리다 버림받은 엄마의 죽음을 나는 '세상을 떠나다'라고 하기로 했다. 세상을 떠난다고 하면 어쩐지 엄마가 새처럼 날아갈 수 있을 것 같았다.

선정 언니를 알게 된 후의 생활은 매일 즐거웠다. 나의 일상은 지난한 일들의 반복으로 평일에는 학교를 다녀와서 아르바이트를 나가고, 주말에는 일주일 치 공부를 몰아서 하는 게 전부였는데 선정 언니를 만나고 모든 게 바뀐 것이다.

똑똑똑.

"이봐 후나미, 이렇게 화창한 주말에 뭐 하시는가?"

나는 마치 기다렸던 것처럼 장난스러운 선정 언니의 호출이 반가웠다.

"아! 언니!"

"아이고, 이 우울한 청춘아… 아무래도 정신 교육이 필요하겠어. 일단 옥상으로!"

나는 골든레트리버 강아지처럼 언니를 따라 계단을 올랐다. 아마 꼬리가 있었다면 심하게 흔들어댔을 것이다. 옥상에 올라

문을 여는 순간 봄은 노랗고, 나는 눈이 부셔서 한동안 눈을 뜰 수 없었다.

"자! 커피믹스."

"앗! 감사!"

"공부하는 데 방해했니?"

"아니. 나도 언니 불러낼 참이었어."

"후남아, 너무 공부만 하지 말고 놀기도 하고 그래…."

"하지만 주말 말고는 공부할 시간이 없는걸?"

"그치만 지금 말고는 놀러 갈 시간도 없을걸?"

언니는 내 말투를 따라 하고는 혀를 삐쭉 내밀었다.

"노는 거야 나중에 대학 가고 취직하면…."

"후남아, 언니가 취직도 하고 대학도 다니지만 놀 시간은 더 없단다."

"…."

"결혼하고 아이라도 생긴다면 아예 없을지도 몰라."

"그래도 어떻게…."

"후남! 불확실한 미래를 위해서 오늘을 희생하지 말자!"

언니는 짧게 미소를 짓고는 초점 없는 눈으로 하늘을 바라봤다. 미풍에 머리칼이 흐트러진 언니의 모습이 어쩐지 깊어 보였다.

"후남! 그런 의미로 내일 언니랑 홍대 어때? 콜?"

"…."

"콜, 콜?"

"콜!"

"좋았어! 내일 9시에 만나서 아침 먹고 바로 출발하자."

"응."

"내일 약속은 초상이 나거나 네가 결혼하는 상황이 아니면 꼭 지키기야!"

"크크크, 알았어."

"에잇, 기분이다. 갑자기 생긴 남친을 만나야 한다면 그것까진 봐줄게!"

"크크크."

시간은 균등하게 흐르지 않아서 언니와 있을 때의 시간은 공부할 때보다 세 배, 알바할 때보다는 다섯 배 정도 빠르게 지나갔다.

그날 옥상은 특히나 노랗고 따스해서 나는 우리 가족과 빨간 구두 이야기를 언니에게 다 털어놓을 수 있었다.

"아유! 이 X 같은! 아이고 미안, 네 아버지지… 흥분해서 그만…."

"괜찮아."

"그래서! 엄마 돌아가실 때는 코빼기도 안 비치다가 전세금만 홀랑 빼간 거야?"

"응. 그래도 전세금 중 많은 금액은 내 통장에 넣어뒀어. 아빠가 빚이 있거든. 통장 도장은 아빠가 갖고 있지만…."

"와, 진짜 최악이네… 그래서 고시원으로 들어오고?"

"아니, 처음 몇 주는 아빠 집으로 들어갔었지."

"근데?"

"방학하고 얼마 안 되어서 집에 있는데 아기가 아파서 병원 간다고 다 나가는 거야. 밥은 알아서 차려 먹으라고 하면서…."

"그래서?"

"그런가 보다 하고 있는데 아빠가 휴대폰을 놓고 나간 거야. 아빠한테 전해주려고 서둘러 들고 나가는데 문자 한 통이 오더라고."

"〈수원왕갈비, 금일 오후 1시 4인석 예약되어있습니다. 늦지 않게 도착해주시면 감사하겠습니다.〉라고."

"헐! 너무한 거 아냐?"

"조금 있으니까 아빠가 차 돌려서 오더라고."

"그래서?"

"그냥 말없이 문자를 보여줬지."

"그러니까 뭐래?"

"당황해서 아무 말도 못 하고 서 있기에 말했지. 내가 집을 나가는 게 맞겠다고. 뭐라도 준비해달라고."

"그래서 준비해준 게 고작 고시원이야?"

"응, 그래도 보호자와 같이 오지 않으면 미성년자는 고시원도 못 들어오더라고."

언니는 알 수 없는 표정인 채 눈물이 그렁그렁했다.

“그래서, 고시원 비용은 늦지 않고 보내주니?”

나는 고개를 숙인 채 고개를 저었다.

“처음에 몇 달 내주더니… 이후론 내가 알바해서….”

말이 끝나기 전에 언니는 엄마처럼 나를 안아주었다. 언니 품 안은 따뜻하고 심장이 두근두근 뛰어서 엄마 품에 안긴 게 아닌가 생각했다. 레고 블록처럼 꼭 맞는 느낌과 익숙하게 달큰한 살 냄새는 분명 엄마 품이 맞았다. 나는 엄마 품에 안긴 채 한참을 울었던 것 같다.

언니는 우는 아이를 달래는 엄마처럼 마치 옛날이야기를 하듯 자신의 지난 일들을 이야기해주었다. 나는 아이처럼 잠이 들었는지 이야기의 대부분을 기억하지 못한다. 하지만 한 가지 확실한 건 언니의 이야기도 나와 별반 다르지 않게 고단한 것이었다.

뿡

뽀옹~

똑똑!

뽀옹~ 푸드득

“큭큭큭”

나는 더 이상 새벽에 독극물을 방류하듯 몰래 방귀를 뀌지 않아도 되었다. 오히려 새벽 방귀는 잠이 오지 않는 밤에 좋은 놀이감이 되었다.

까똑!

더러운 것! 그 공기를 밤새 다 마실 거 아냐?
내일부터 말 시키지 마!

크크크, 언니 나 잠이 안 와. ㅠㅠ

그래도 자려고 노력해봐. 내일 홍대
가서 졸지 말고.

그러게. 걱정이네. 왜 잠이 안 오지?

방귀 만드시느라 노력해서 그렇지.

ㅋㅋㅋ

가만! 방귀 중독 아냐? 연탄가스 중독 같은?

ㅋㅋㅋㅋㅋ

방귀 그만 뀌고 빨리 자! 그러다 똥 싸면
안 놀아줄 거야!

ㅋㅋㅋ 알았어요~ 언니도 잘 자요~^^

굿밤~ㅎ

나는 톡으로 잘 자라는 인사를 나누었지만 어떤 긴장감에 쉬이 잠을 이룰 수 없었다. 이런 기분 좋은 긴장감이 낯익게 느껴져 누워서 곰곰이 생각해보니 엄마가 살아있고 아빠가 곁에 있던 초등학교 때 느꼈던 것 같다.

2학년 때였을까? 아니면 3학년?

크리스마스를 앞둔 12월이었고 나는 짓궂은 같은 반 남자아이들에게 산타클로스가 사실은 엄마와 아빠라는 사실을 듣고는 펑펑 울고 있었다.

"아유, 무슨 애들이 그렇게 영악해서는 벌써 동심이 없다니?"

"괴안타! 마! 이제 후남이도 언니얀데 뭐 언제까지 얼라맨크로 산타를 믿겠노?"

"후남아, 엄마가 너 언니 된 기념으로 산타 대신 선물 사줄게. 그만 울어."

"…."

"그래! 고마 말만 해라! 오늘 갖고 싶던 거 다 사줄게!"

"미미… 백화점…."

"뭐어? 이, 뭐라카노? 씩씩하게 말해봐라."

"미.미.의.백.화.점.놀.이.세.트!"

백화점인지 마트인지 지금은 기억할 수 없지만 그날 저녁 40분 남짓 차를 달려 사람들로 붐비는 큰 건물에 도착했다. 엘리베이터는 층층이 멈추며 느리게 올라갔지만 결국 5층 장난감 매장에 멈추고 문이 열리는 순간 그곳은 비밀의 화원처럼 펼쳐졌다.

황금빛 조명이 비처럼 내리고 그 노란 빛 속으로는 크리스마스 캐럴이 복음처럼 퍼지는 장난감 매장이었다. 모든 장난감이 나를 바라봤지만 나는 냉정하게 미미의 백화점 놀이 세트만 품에 안았다. 족히 내 몸통보다 커다란 상자를 품에 안고 뒤뚱뒤뚱 걸어 나올 때 할머니가 나를 불러 세웠다.

"후남아!"

"어? 할머니 언제 왔어?"

"후남아! 나온 김에 이기 한번 입어봐라."

"이게 뭔데?"

"남대문에서 파는 원피스인데 여도 있네. 아이고, 이 빨간색 꽃무늬 봐라… 곱제?"

"할머니, 이건 어른 원피스잖아. 내가 입기엔 너무 큰걸?"

"후남아, 이건 어떻노?"

이번엔 아빠가 어깨를 잡아 돌리며 물어봤다.

"이 구두 우리 후남이 신으면 당장 시집가도 되겠다. 어때? 빨간 게 곱지 않나?"

"아빠, 그 구두도 어른 거잖아. 내가 신기엔 너무 크다고…."

"후남아, 한번만 신어봐."

이번엔 엄마도 거들었다.

"하지만 너무 큰걸?"

"사실 이 구두 네 아빠가 엄마에게 선물로 준 거야. 그날…."

"엄마! 또 그 이야기야? 이제 듣기도 싫어."

"그날 아빠는 약속에 늦은 사람처럼 달려와서는 엄마를 죽는 날까지 사랑하겠다고 말했어. 이 빨간 구두를 선물로 주면서 말이야."

"엄마, 그만해…."

"그때 네 아빠는 이미 결혼한 상태였지만 내게 고백하는 눈빛이 얼마나 선하고 귀엽던지 엄마는 이 빨간 구두를 안 받을 수 없었어. 크크큭, 큭큭큭. 그래, 안 받을 수 없었지…."

"엄마, 그만해! 엄마는 이미… 죽었잖아!"

"후남아, 이 구두를 신고 가… 후남아…."

까똑!

메시지 알림 소리에 잠이 깼다.

까똑! 까똑!

언제 잠이 들었는지 이상한 꿈에 시달리다 일어난 자리는 땀으로 축축했다.

새벽 4시 30분.

나는 머리맡에 두었던 물 한 모금을 마시고 정신을 차렸다. 그리고 나를 악몽에서 꺼내준 고마운 메시지를 누가 보냈는지 확인했다.

연정(현준맘)

"연정이가 누구…? 아! 현준이!"

나는 아기 이름과 프로필 사진을 보고서야 메시지를 보낸 이가 아빠의 지금 부인이란 걸 알 수 있었다.

"아니 이 아줌마가 새벽에 무슨 일로…."

별세 : 2021년 3월 5일(금)
빈소 : 서울 XX병원 장례식장 3호실
발인 : 2021년 3월 7일(일) 오전 8시

아버지 교통사고로 갑자기 돌아가셨다. 너도 아버지 딸이니 와서 자리 지켜라.
꼭 와야 한다. 할머니 모시는 문제도 있고 또 재산 상속 문제도 있으니 만나서 이야기하자.

나는 뜻밖의 내용에 어쩔 줄 몰라 그냥 덩그러니 앉아있었다.

"하… 힘드네."

창문 없는 내 방, 그 새카만 색에 모든 게 다 지워져 버렸으면 좋겠다고 생각했다. 모든 게 지워지고 아침에 문을 열면 들어오는 햇살에 모든 게 리셋되기를 바랐다.

하지만 새카만 속에서도 휴대폰 불빛이 너무 밝았고, 또 아줌마의 문자는 군더더기 없이 필요한 내용만 또박또박 적혀있었다. 나는 그런 이유로 지금 상황이 지워지지 않은 채 아침에도 계속 이어질 것을 알 수 있었다.

👠👠👠

"와하하하! 꼴이 그게 뭐야?"

아침에 고시원 계단에서 만난 언니는 나를 보고 크게 웃어댔다.

장례식에 걸맞은 변변한 옷 한 벌 없는 나는 조금 큰 검은색 재킷에 검은색 바지를 입고 나오는 길이었다.

"너, 언니 웃으라고 일부러 그러는 거야? 그렇다면 아주 대성공이야!"

"…."

"아… 아니면 핼러윈이 3월로 바뀌었나?

"…."

"어? 어! 갑자기 분위기 뭐지? 언니가 놀려서 화났냐?"

"…."

"아유, 미안해. 언니가 심했어. 그렇다고 뭐 그런 것 같고 우냐? 미안, 미안…."

아빠가 갑자기 죽은 것은 슬프지 않았다. 하지만 칫솔을 물고 있는 선정 언니의 아무렇지도 않은 표정을 보자 아무 이유도 없이 눈물이 쏟아졌다.

"언니, 미안. 나 오늘 홍대에 못 갈 것 같아."

"왜? 무슨 일이야? 언니한테 말해봐."

"아빠가… 죽었대…."

"뭐어? 갑자기?"

"교통사고래."

"아이고…."

언니도 당황했는지 한동안 말이 없었다. 정신을 가다듬고 빠르게 입을 헹군 언니는 장난기 빠진 얼굴로 말했다.

"그래서 장례식장에 가려고?"

나는 말없이 고개만 끄덕였다. 그리고 새벽에 아줌마에게 받은 문자를 보여줬다.

"이런! 미친! 이거 널 가족으로 부른 게 아니잖아!"

"…."

"이거 너네 집 전세금 뺀 거 뒤탈 없이 꿀꺽하려고 수작 부리는 거 아냐?"

"…."

"야! 이후남! 너 거기 가지 마!"

"그래도 아빠가…."

"야! 낳기만 하면 아빠야? 사랑은 없더라도 최소한 책임은 다 해야지! 지금 네 꼴을 봐!"

"…."

"이후남! 지금부터 정신 똑바로 차려! 알았어?"

"응."

"등신같이 울지 말고 언니 똑바로 봐! 지금부터 전쟁이야! 알았지?"

"응, 응."

"후, 어디 보자…."

언니는 큰 호흡 한 번에 흥분을 가라앉혔다. 나는 금세 냉정을 되찾는 언니가 어른처럼 느껴졌다.

"후남아, 우선 장례식장에 가. 가긴 가는데 가족으로 가는 게 아니라 철저히 조문객 자격으로 다녀오는 거야."

"그래도 될까?"

"안 되면? 두려울 게 뭐가 있어. 경찰이 잡아가기라도 할까 봐? 누가 욕하면 그냥 욕먹어! 그런 인간들 오늘 이후로 볼 일도 없잖아?"

"응!"

"그 아줌마라는 여자와 너네 할머니가 분명히 통장 이야기를 꺼낼 거야."

"그렇겠지."

"그래서 네가 조문객이어야 한다는 거야."

"무슨 말이야?"

"자, 잘 들어봐. 네가 가족 자격으로 있으면 주말 내내 장례식장에 있어야겠지?"

"응."

"그러면 그 긴 시간 동안 그들이 너를 얼마나 어르고 달래고 협박하겠어? 아직 미성년자인 네게 아주 불리한 환경이 되는 거지."

"아! 그럼 어떻게 하지?"

"일단 절만 하고 나와 버려. 그러면 100퍼센트 따라 나오겠지?"

"그렇겠지."

"처음엔 그냥 간다고 뭐라 하겠지만 그냥 무시해. 어차피 원하는 게 있으니 바로 통장에 관해 물어볼 거야."

"아!"

"그럼 차갑게 한마디 하고 뒤돌아 나오는 거야."

"뭐라고?"

"'그런 이야기라면 변호사와 이야기해주세요'라고. 영화 같은 데서 많이 봤지?"

"언니, 내가 잘할 수 있을까? 나 솔직히 떨려."

"정신 차려! 그 돈이 어떤 돈인데. 할머니와 그 여자가 꿀꺽하는 걸 보고만 있을 거야?"

"아니! 절대 안 되지!"

"그래! 당연히 떨리겠지. 그래도 돌아가신 엄마를 생각해서 힘내."

"응!"

"그럼 변호사부터 좀 알아보자."

"하지만 변호사 비용이 만만치 않을 텐데 나 도장 없어서 당장은 돈을 뺄 수가 없는걸?"

"우리에겐 서로 미루던 그게 있잖아?"

"다이아몬드!"

"처분하면 변호사비 정도는 충분할 거야."

"통장에서 돈 찾을 수 있으면 빨리 갚을게."

"괜찮아. 어차피 버리려던 건데 뭐."

"그래도…."

"그럼 이번 일 잘 마무리하고 우리 돈 합쳐서 방이나 같이 알아볼까?"

"아, 정말? 난 너무 좋아!"

"자, 그건 나중 문제고 우선 종로 보석거리로 나가보자. 변호사도 알아보고, 그리고 홍대는 밤에나 나가보자."

"응? 장례식장엔…."

"심리전! 원래 이럴수록 더 늦게 나타나는 거야."

언니는 아줌마나 할머니에게 전화가 와도 받지 말라고 했다. 우리는 그들을 충분히 기다리게 하다가 새벽 세 시에 가기로 했다. 정적을 체포하던 KGB 요원처럼.

"네, 잘 알았습니다."

"아니, 그냥 가시게?"

"네, 뭐 잘 안 맞는 거 같아서…."

"얼마까지 이야기하고 왔는데?"

"계산기 좀…."

탁탁탁탁!

언니는 능숙하게 계산기에 가격을 쳤다.

"뭐? 그런 가격을 누가 쳐줘? 우리는 도저히 안 돼!"

"그런 거 같아서 거기로 가려고요. 시간 뺏어서 죄송하네요."

"아… 그 사람 참! 진짜 얼마 생각하고 왔는데?"

"진작에 이렇게 나오셨으면 좋잖아요."

탁탁탁탁!

"여기서 1원도 못 빼요. 콜 아니면 나가리!"

"아이고, 못 당하겠네! 어디서 장사라도 하시는 게야? 콜이다. 콜!"

"오케이, 나중에 딴말 없기예요!"

언니는 보석 도매상을 상대로 능숙하게 흥정해서 원하던 가격 이상으로 다이아몬드를 팔았다. 변호사 사무실에서도 군더더기 없는 말로 필요한 대화만 깔끔하게 나누었다.

모든 게 준비된 토요일 밤, 우리는 홍대 앞에 나와 여느 또래들처럼 맛있는 것을 먹고 버스킹도 보고 차를 마시고 거리를 걸었다. 나의 고단한 일상과는 아무런 상관없이 봄의 홍대는 흥미롭고 여유로워 거리에는 행복한 사람들뿐이었다. 분하지만, 이토록 행복한 봄의 거리에서 나만 아직 아직 겨울을 걷고 있었다.

"너, 재미 하나도 없지?"

"아니, 하나 정도는 있어."

"뭐지? 이 아재 개그는?"

"…."

"후남아, 인생 빡세고 재미도 없는데 새벽에 미친년 한 번 될까?"

"응? 어떻게?"

"너 전에 옥상에서 빨간 구두 신고 새벽에 춤춘 이야기했지?"

"응. 그게 왜?"

"있다가 새벽에 그 춤 한 번 더 추는 건 어때? 장례식장에 가서."

"뭐?"

"언니가 보니까 돌아가는 모든 기운이 그 미친 춤을 원하네."

"무슨 말이야?"

"언니가 말했지? 혼자 살려면 다른 사람들에게 미친년처럼 세 보여야 한다고."

"응."

"오늘 새벽 세 시에 빨간 구두 신고 가서 네가 얼마나 미친년인지 확실하게 보여줘!"

"아무리 그래도 장례식장에서 어떻게 그래?"

"뭐가 어때? 너는 네 엄마의 유언을 받드는 건데! 아버지도 좋아하지 않을까?"

"그래도 미치지 않고서야 어떻게…."

"언니가 말했잖아. 미친년인 걸 보여주라고,"

"…."

"동화 빨간 구두 결말 알아?"

"어? 어! 발목을 자르고 나서야 구두를 벗은…."

"잘못된 가족은 그 동화 속 저주받은 구두 같은 거야. 아마 이번에 네가 미지근하게 굴면 이상한 관계에서 벗어날 수 없을지도 몰라."

"…."

"발목이라도 자를 수 있는 기세로 마음 독하게 먹어. 절대 관계에 묶여서는 안 돼."

고시원으로 돌아온 언니는 어떤 의식을 치르듯 내게 빨간 립스틱을 발라주었다. 청심환 한 알을 먹고 엄마가 마지막으로 입었던 빨간색 꽃무늬 원피스도 차려입었다.

그리고 빨간 구두를 신었다. 조심스레 발을 넣자 구두는 마치 주인을 기다렸다는 듯 발을 착 감았다. 빨간 구두는 이내 내 몸의 일부가 되고 나는 점점 기분이 좋아져 어떤 음악을 흥얼거리고 있었다. 몸이 근질근질하고 어깨가 들썩들썩해서 나는 몇 달 전 밤새 춤을 추었던 기억이 꿈이 아닌 걸 확신할 수 있었다.

선정 언니는 장례식장 앞까지 나를 배웅해주었다.

"언니! 나 어때?"

"오~ 멋진걸?"

"언니, 나 잘할 수 있을 것 같아."

"그래 잘할 거야. 너 지금 누가 봐도 완전한 미친년이거든."

"빨간 구두를 신으니까 춤도 출 수 있을 것 같아. 그날 새벽처럼."

"쇼스타… 뭐랬지?"

"쇼스타코비치의 왈츠 2번에 맞춰서."

"그래. 왈츠 2번."

"응. 2번."

"빨리 다녀와서 같이 아침 먹자."

"알았어! 금방 다녀올게. 기다려."

"그래!"

예쁜 옷과 구두를 신으니 절로 허밍이 나왔다.

"음흠흠 음흠흠."

벚꽃처럼 붉고 얇은 원피스 자락이 바람처럼 다리에 스쳤다.

쿵작작 쿵작작

쿵작작 쿵작작

빨간 구두는 나를 가만히 두지 않았고 이 모든 게 즐거워진 나는 새벽 세 시를 무대처럼 춤추며 사뿐히 걸었다. 조용한 새벽 거리에 구두의 새빨간 소리는 멀리도 퍼져나갔다. 구두는 저주처럼 그 새빨간 소리로 나를 인도하고 이대로라면 나의 지난한 일상을 새처럼 벗어날 수 있을 것만 같았다.

나는 그럴 수만 있다면 미쳐버린대도 혹은 발목이 잘린대도 정말 괜찮다고 생각했다.

쿵작작 쿵작작

어디선가 왈츠가 흘러

쿵작작 쿵작작

나는 빨간 구두의 새빨간 소리를 따라 캄캄한 봄의 밤 속으로 자꾸만 자꾸만 춤추며 들어갔다.

작가의 말

내가 어릴 적에는 지금처럼 교통 상황이 좋지 못했습니다. 그래서 시골에 내려가는 건 몹시 힘든 일이었죠. 토요일에 아버지가 일찍 퇴근하시면 서둘러 집에서 출발했는데 아무리 서둘러서 챙기고 빨리빨리 움직여도 시골 마을 어귀에 도착했을 때는 이미 한밤중이었습니다.

시골 버스 정류장은 할아버지 댁과 아주 멀리 있었습니다. 당시 시골 마을은 비포장도로여서 버스가 마을까지 들어갈 수 없었어요. 시골 할아버지 댁에 들렀던 때는 내가 아직 학교에 들어가기 전이었는데 그 짧고 힘없는 다리로 가로등도 없는 진흙길을 40분 남짓 걸어야만 했죠.

그렇게 힘들게 할아버지 댁에 도착하면 마당에 개가 짖어대고 그 소리에 사람들이 깼는지 방마다 불이 켜졌습니다. 그리고 친척 어른들이 한 분 두 분 마당으로 나오셨습니다.

진흙에 몇 번이고 박혔던 신발은 무거웠고 양말과 옷자락은 다 젖어 빨리 벗어버리고 싶었지요. 하지만 나는 한동안 추운 마당에 서서 어떤 행사처럼 누군지도 알지 못하는 친척 어른들께 인사를 해야 했습니다. 인사를 받는 어르신 중에도 내가 누구인지 잘 모르시는 분도 계셨어요. 나는 서로 잘 모르는 사람들이 굳이 모여 반가운 척 인사 나누는 모습을 도통 이해할 수 없었습니다. 이렇게 어색한 상황이 불편했고 무엇보다 젖은 양말 속에서 움츠러드는 발가락에 자꾸만 신경 쓰였습니다.

시골에 가는 일은 자주 있었습니다. 명절과 제사는 물론 마을 누구누구의 생신, 결혼식과 장례식 등 수많은 경조사에 참석하기 위해 우리 가족은 거의 매달 시골에 내려가야만 했습니다. 어찌 보면 종교적 의식을 닮은 이런 모임에 불참하는 건 당시로서는 있을 수 없는 일이었어요.

이런 문화를 나쁘다고 말할 수는 없습니다. 나의 아버지 세대는 농경을 중심으로 한 집성촌 문화가 일반적이었고 그런 환경에서 친척들 간의 결속은 중요한 것이었으니까요.

하지만 사회 구조가 바뀌고 개인의 생활 방식과 가치관이 다양해지면서 세대 간 갈등이 생기기도 합니다. 아버지 세대에 해야만 했던 일 혹은 해서는 안 될 일이 우리 세대에게는 그다지 중요한 일이 아니게 되어버린 것이지요.

〈왈츠에 맞춰 새빨간 춤을〉을 통해 저는 가족의 개념과 금기에 관해 이야기하고자 했습니다. 이 소설에는 촌수로 맺어진 남과 정으로 맺어진 남 그리고 남보다 못한 혈연이 등장합니다. 과연 누구를 가족이라 할 수 있을까요? 가족의 가장 중요한 가치는 무엇일까요? 또 '금기'라는 것은 영원히 지켜야만 하는 절대적인 가치일까요?

원작 《빨간 구두》에는 금기를 깬 죄로 벌을 받는 주인공이 나오지만 이를 각색한 〈왈츠에 맞춰 새빨간 춤을〉에서는 금기를 깨고 앞으로 나아가는 주인공이 등장합니다. 새롭게 창작된 이 작품을 읽는 독자분들은 금기에 대한 옳고 그름의 관점이 아닌 각 캐릭터의 입장에서 서서 그들의 행동을 바라보셨으면 좋겠습니다. 그것을 통해 나를 증명하는 가치와 전통적 가치에 대해 생각해보는 계기가 되기를 바랍니다.

십대를 위한 고전의 재해석 앤솔로지 **2**

이런 신발

초판 1쇄 발행 2022년 3월 10일
초판 2쇄 발행 2024년 7월 20일

지은이 전건우, 남유하, 정명섭, 김효찬
그린이 김효찬

기획 · 편집 도은주, 류정화
마케팅 이수정

펴낸이 윤주용
펴낸곳 초록비책공방

출판등록 2013년 4월 25일 제2013-000130
주소 서울시 마포구 동교로27길 53 지남빌딩 308호
전화 0505-566-5522 팩스 02-6008-1777

메일 greenrainbooks@naver.com
인스타 @greenrainbooks
포스트 http://post.naver.com/jooyongy

ISBN 979-11-91266-29-0 (43810)

* 정가는 책 뒤표지에 있습니다.
* 파손된 책은 구입처에서 교환하실 수 있습니다.

어려운 것은 쉽게 쉬운 것은 깊게 깊은 것은 유쾌하게

초록비책공방은 여러분의 소중한 의견을 기다리고 있습니다.
원고 투고, 오탈자 제보, 제휴 제안은 greenrainbooks@naver.com으로 보내주세요.